あの日、少年少女は世界を、

櫻　いいよ

PHP
文芸文庫

○本表紙デザイン＋ロゴ＝川上成夫

あの日、少年少女は世界を、

CONTENTS

目次・章扉デザイン——小川恵子（瀬戸内デザイン）

1　いつも、少年は世界を厭う

なびくマントが背中にあれば、誰だって、何度だって、正義の味方に、ヒーローになれる。

青い空と空より深い青色の海の広さと深さに恐怖を感じたおれは、それが身のほど知らずの妄想だったことを知った。

波で揺れる海面に、水飛沫があがった。

そこに、小さな手が見えた。

おれに救いを求めるその手を、幼い頃のおれは、ただ、見ていた。


そして高校生になったおれは、今――。

「荷物、運びますよ！」

そう言って、おばあさんの持っているスーパーの袋に手をかける、赤いマントを肩に羽織って目元が隠れるハーフマスクをつけた女の子を、ただ、見ている。

あれが最近この狭い町で噂になっていた〝赤ジャージヒーロー〟か。

マントの下は上下赤いジャージで、とにかく全身赤い。その目立つ姿のため、まわりにいるひとはちらちらとその〝赤ジャージヒーロー〟に視線を送っている。

まさか、地元の駅からかなり離れた駅前で、その姿を見かけるとは思ってもいなかった。しかもそれが。

「……城之崎、だよ、な」

制服を着ていないが、でも、間違いない。

あの〝赤ジャージヒーロー〟は、おれと同じクラスの、城之崎聖良だ。

+————+

城之崎聖良は、小学生のときに親に殺されかけた。

その噂は、町に住むほとんどのひとが知っていることだ。別の小学校に通っていたおれももちろんその話は知っていて、そして、去年の高校の入学式で、とある男子が「ほら、あれが親に殺されかけた城之崎なんだってさ」と、おれではない誰かに言って彼女を指さしたのを聞いた。

ショートヘアの、背筋がピンと伸びた女子だった。まっすぐに前を見る横顔のラインがなかなか整っていて、美人なわけではないが、ひとを惹きつける独特な顔立ちをしていた。新入生でまだ制服がパリパリのせいか、もしくは彼女の醸し出すオーラのせいか、セーラー服があまり似合わないな、と思った。ブレザーだったらまだマシだっただろうに。

クラス分けの掲示板がある昇降口のそばには大きな桜の木が数本並んでいて、風が吹くとひらひらとピンクの花びらが舞う。

その中で、彼女は凜(りん)と立っていた。

かっこいいなと思った。

同時に、憎らしく思ったのを覚えている。

「翻訳ノートが返却されたので、各自持っていってください」

机に頬杖(ほおづえ)をつきながら夏から秋に移りかわりはじめた窓の外の景色を眺(なが)めていると、ハキハキ、とは言い難いのに妙(みょう)によく通る声が教室に響いた。視線を向けると、クラス全員分のノートを抱えた城之崎が、教壇に立っていた。ノートを置いてふうっと一息つくと、彼女はそのまま静かに自分の席に戻る。

一年では別のクラスだった城之崎と二年で同じクラスになり、もうすぐ半年が経(た)つ。そのあいだ、言葉を交わしたことは一度もない。

城之崎は、入学式で見かけたときからずっとひとりだ。誰かと話している姿はもちろん、並んでいる姿すら見たことがない。性格はドがつくほどの真面目(まじめ)で、クラス委員を押し付けられたものの、それはそれはきちんとこなしている。掃除当番や日直をさぼっても無視するだけで厳しくはないが、提出物の遅れは一切認めないいくらい融通が利かないので、正直面倒くさい。彼女をクラス委員に推薦した男子が、内心後悔しているのをおれは知っている。

「実、ほら」

目の前におれの翻訳ノートが差し出されたので顔を上げると、城之崎をクラス委員に推薦して後悔している男子――大隈颯斗がおれを見下ろしていた。

「さんきゅ」

どうやら自分のノートのついでにおれの分も取ってきてくれたようだ。受け取り中をパラパラとめくる。翻訳文はそれほど悪くなかったようで、教師から確認の印に二重丸をもらえていた。

「あーあ、城之崎が待ってくれたら俺も二重丸だったのになあ」

どすんとおれの目の前の席に座った颯斗がノートを眺めながらぼやく。覗き見すると、颯斗はおれとちがって三角の印がつけられている。というのも、自習中に課題として出された翻訳範囲の半分もできていなかったからだ。

「颯斗が自習中にさぼってただけだろ」

「さぼってたけど、あと十分あれば写せたじゃん」

つまり、城之崎がノートを教師のところに持っていくまでもう少し時間があればよかったということだ。そして当然、融通の利かない城之崎はそれを断った。結果、颯斗は三角しかもらえなかった。

どう考えても自業自得だけどな。

「自習中の課題くらい、気にすることでもないだろ。提出はしたんだし」

「相変わらずクールだなあ、実は。昔の情熱はどこに行ったんだよ」

パタンとノートを閉じた颯斗が身を乗り出しておれに顔を近づける。颯斗の目は大きくてまつ毛も長い。だから目力がすごい。近づかれると妙な圧迫感があり、背を反らせてしまう。

「ほら、思い出せよ、実。昔の情熱を」

「芝居がかったセリフを口にするな。いつまでも颯斗はしつけえなあ」

颯斗の言うおれの〝昔〟とは、小学校の頃のことだ。

たしかにあの頃のおれには〝情熱〟があった。でも、そんなものはもう、ない。

地元が同じで小中同じ学校に通っていた颯斗はそのことを誰よりも知っているのに、こうしてちょこちょこ昔の話をする。友だちだと思っているが、もしかしたらこの男はおれの敵で、おれに嫌がらせをしているのかもしれない、と思うほどだ。

「小三以来同じクラスになってなかったから、いまだに今の実に慣れねえんだもん。あの〝マコトマン〟がこんなクール男子になってるとかおかしいだろ」

「その名前を口にするなっつっただろ」

思わず舌打ちをするけれど、颯斗はけらけらと笑って、「黒歴史認定してるしさあ」と謝りもせず話を続ける。

そりゃあ、自分がマントを羽織り放課後毎日ヒーローごっこに勤(いそ)しんでいたうえに、自分のことを〝マコトマン〟と名乗っていたことは黒歴史以外のなにものでもないだろう。この過去を知るすべてのひとの記憶から〝マコトマン〟がさっさと消え去ってほしいと心底願うくらいには、黒歴史だ。

おれの住む町は、それなりに栄(さか)えた駅までは電車で三十分もかからないし、観光名所のある大きな駅までは一時間半もあれば着くのでそれほど不便はないが、便利というには無理のある小さな静かなところだ。山と海に囲まれているので、どことなく閉ざされているように感じる。

そんな土地のせいだろうか。小さい、というよりも狭い、という単語のほうがしっくりくるほど、住民たちはどこかでなにかしらの接点がある。顔を知らなくても名前は知られていたり、趣味や特技なんかも知れ渡っていたりすることがある。

それはつまり、噂が広まりやすい、ということだ。

かわった行動をしたり、ちょっとひととちがった身なりをしていれば、それはすぐに噂になる。浮浪者のようなつぎはぎの汚い格好でボロボロの自転車に乗り町を徘徊していたひとは、みんなに〝仙人〟と呼ばれていた。前科持ちだから、見た目が危ないから、怪しいから、と近づかないように学校で先生たちから注意されたことがある。

最近では山の近くに住んでいる少年に女装趣味がある、という話を耳にした。大きな一軒家が立ち並ぶ駅近くの住宅街の少年が非行に走っている、というのもあった。とある女の子がクラスメイトをいじめていた、とか、誰かが虐待されている、という本当だったらどうにかしろよと思うような内容もあるが、結局のところ暇な時間を消費するために面白おかしく話を大きくしているだけだ。この町の住民にとって、噂とはエンターテイメントでしかない。

小学校時代のおれも、そこそこ噂になっていた。

幸いにも、当時のおれはただヒーローを名乗り町を見回りながら、泣いている子どもをあやしたり、いじめられている犬猫を助けたり、ゴミのポイ捨てをするおじさんを注意したり、誰かがなくしたものを一緒に探したりといったことだったので、ただただいい子だと褒め称えられていただけだが。

噂というのは、よいことよりも悪いことのほうが断然広がるのがはやいし、しつこく語り継がれる。そのため、小学四年生でマントを脱いだおれの過去は、今ではかなり薄れてきている。ヒーローごっこをしていた少年がいたことは覚えていても、おれだということを忘れているひとは多いだろう（そう願う）。

　小中と地元の学校に通っていたので、記憶に残っているひとからはからかわれたこともある。そのたびにクソほど恥ずかしくて穴を掘って埋まりたくはなっていたが、冷静を装い聞き流していたおかげでそれなりに平穏無事な学校生活を送ることができた。

　高校は公立ではあるが、おれと同じ町出身の生徒は少ないので（もちろんそういう学校を志望したのだが）おれの黒歴史はほとんど知られていない。

「颯斗がいなければ完璧なのになあ」

ため息まじりに呟くと、颯斗が「なんでそんな冷たいこと言うんだよ」と拗ねる。余計なことを言いかねないからだよ。

「ほんと、クールになっちゃったよな、実は」

「べつにそんなつもりはないけどな」

「クールっていうか、つねにピリピリしてるのかも」

いや、うしろ向きになったのか？　陰鬱になったのかも、と言葉をかえていく。

どんどん悪い意味になってないか。

「昔はいつも元気で前向きで、率先してひとの上に立つタイプだったじゃん」

悪と戦うヒーローのように強気に振る舞っていただけだ。ひとの上に立とうと思ったことは一度もない。が、まあ言わんとしていることはわかる。ヒーローはつねに、みんなの中心にいるものだ、と思っていたし、〝マコトマン〟と自称していたのだ。目立ちたがり屋だと思われるのは当然だ。

「俺とクラスが離れているあいだに一匹狼みたいになっちゃって」

「そんなことないだろ。颯斗とも喋ってんじゃねえか」

「俺くらいとしか話してねえだろ」

まったくもってそのとおりなので、返事はしなかった。

昔は、知り合いはみんな友だちのように思っていた。そうじゃないことを知って、ふと身のまわりにいる友だちと呼べるひとを数えた。その結果、おれには片手で数えられるくらいの友だちしかいないことに気づいたのだ。もともとひとりでヒーローごっこをしていたこともあり、おれはぼっちでも全然大丈夫だということもわかった。それを受けいれると、たいして親しくもないひとと仲良くしようとすることが面倒になり、今は話しかけられない限りひとりでいることが多い。このクラスでは、それが颯斗しかいない、というだけのことだ。

「あ、もしかしてモテようとしてる？」

「お前と一緒にするな。べつにモテたいなんて思ってねえよ」

「それともやっぱり小学校のときのあれが原因？」

颯斗が声のトーンを落として言う。

それだけじゃないけど、と心の中で呟いた。それだけならば、もしかしたらおれは、もうしばらくはヒーローとして活動していただろう。

おれに向かって伸ばされた手。

そして、水を掴（つか）もうともがいていた手。

幼いおれは、ふたつの手を見て見ぬふりをした。

そのことを、颯斗は知らない。そしてそれを颯斗に説明する気はないので、「もうすぐチャイム鳴るぞ」と話を切り上げる。

「ったく、秘密主義になっちゃってさあ」

肩をすくめて自分の席に戻っていく颯斗を目で追っていると、自分の席に座り本を読んでいる城之崎のうしろ姿が視界に入り込んできた。

城之崎も、おれと同じ町出身だ。小中の学区はちがったが、彼女の噂は昔からよく耳にしていた。

不倫（ふりん）相手の子どもだとか、虐待されて体中が傷だらけだとか、小学生のときに海で親に殺されかけただとか。その後親に捨てられて祖父母の元で育てられているのだとか、無表情なのはショックで感情がなくなったためだとか。母親は借金まみれですでに死んだとか、あやしげな店で働いているとか。

彼女の噂は、おれのものとちがって、様々で、大きく、根深く、しつこい。そして、それは、町だけにとどまらず広く流布してしまっている。不幸な噂も悪い噂と同じくらい、極上のエンターテイメントだからだ。

でもまさか、城之崎が同じ高校にいるとは思わなかった。

できれば彼女とは、一生関わりたくなかった。

二年で同じクラスになったときは、めまいがしたくらいだ。

けれど、彼女はただ、そこにいるだけだった。クラスメイトと親しくするつもりは微塵もないらしく、いつもひとりで、クラスの女子に話しかけられても無表情でそっけない態度を返す。当然、おれともなんの関わりもない。ただ、同じクラスにいるだけ。

それは、噂のせいなのだろうか。

それとも、死にかけたからなのか。

噂はただの噂だ。けれど、城之崎の噂で間違いのない真実をおれは知っている。

死にかけたことと、今は母親がそばにおらず祖父母と暮らしていること。

微動だにせず本を読み続けている彼女から視線を逸らして窓の外に向けると、青い空が広がっていた。

すべてを呑み込みそうなほどの、広々とした青を見ると、おれは今も若干の恐怖と、後悔を感じる。

城之崎は、なにも思わないのだろうか。

ま、今のおれには関係のないことだけれど。

授業が終わり、かばんを摑んで席を立つ。

少し離れた席に座っている颯斗がおれに気づいて声をかけてきた。颯斗のまわりには数人の男女がいて、全員の視線がおれに向けられる。

「お、実、帰るのかー？」

「ああ、じゃあな」

「俺ら今からカラオケにでも行こうかって話してるんだけど、実も行くか？」

颯斗がそう言っておれを誘うのはこれまで何度もあった。そして、そのたびに颯斗のまわりにいる男女が焦るような顔をする。そのことにいまだ気づいていない颯斗の鈍感さは、呆れを通り越して尊敬するほどだ。

同じクラスなうえに颯斗と仲がいいひとたちなので名前くらいは知っているし、必要なときに話すことはある。けれど、その程度の関係でしかないのに、一緒に遊びに行くわけがない。お互いに楽しい時間にはならないだろう。

「おれ用事あるから」

たとえ颯斗の友だちがおれを受けいれたとしても、おれの返事はかわらない。

「実、いつ誘っても用事あるな。バイトでもしてんの？」

「たまたま、颯斗が誘う日は用事がある日ばっかりなんだよ」

なんだそれーと口を尖らす颯斗を無視して、ひらひらと手を振り教室を出た。今頃颯斗のまわりにいた男女は、なんであいつを誘うんだ、とか、いたら気を遣うじゃん、などと颯斗に言っているにちがいない。それに対して颯斗は、なんでだよ、と笑うだけなのも想像がつく。良くも悪くも、颯斗はおめでたいから。場の空気が読めない、とも言える。そういうところが、颯斗の裏表のなさを表していて、だからおれは颯斗のことがきらいではないのだが。

ひとりで廊下を歩いていると、まわりのひとたちの様々な声が聞こえてくる。

「昨日のあのドラマ、展開最高なんだけど」

「こないだ観たコントのロングバージョンがネットに上がっててさ」

「あいつの英語の発音キモい」

「さっきの話だけどさ、あの子のあの反応おかしくない？　テンション下がった」

ドラマやアニメ、映画のことだったり、しょうもない笑い話だったり、教師に対しての愚痴だったり、誰かの悪口だったり。

「あの先輩、彼女できたんだって」

「知ってるー。でもいい噂聞かないひとだよね。二股してたとか」

「そうそう。絶対騙されてるよね」

学校に広がる噂だったり。

「噂の〝仙人〟っていたじゃん。なんか死んだらしいよ」

「そういや、このところ見かけなかったな」

「薬やってて捕まったとかいうひとだろ」

「最近、神出鬼没の変な女がいるの知ってる？」

「なにそれ」

「人助けだとかなんだとかで。そいつ、赤いジャージ着てるんだって」

近頃広がるネタだったり。

意味わかんね、と言ってゲラゲラと笑うひとたちの声が鼓膜に響く。

ああ、うるさい。煩わしい。

ポケットからワイヤレスイヤホンを取り出し、耳に装着する。スマホでサブスクアプリを起動して曲を再生すると、校内の喧騒が爆音にかき消された。

鼓膜がびりびりと震えるほどなのに、心が落ち着いてくる。不思議なことに静かだと感じる。音楽が、おれを守るように包み込んでいる、そんな感じだ。

怒り狂ったような叫び声が聞こえる。ときおり、ヘルとかデスとかそういう単語が聞き取れるが、歌詞の意味はわからないしどうでもいい。

どん、と背後から誰かにぶつかられた衝撃があり、振り返る。ぶつかってきたであろう男子はそのことに気づいていないみたいに、友だちと笑いながらおれのほうを見もせずに通り過ぎていった。

はあっと小さなため息をついて靴箱に向かい、思わず足を止める。おれよりも先に教室を出ていたらしい城之崎が立っていたからだ。聞こえていた音楽がぴたりと止んだ気がした。

一瞬、目が合う。

涼しげな瞳がおれに向けられて、体がぎくりと震える。

が、もちろん城之崎はおれに挨拶をすることもなく、すぐに目を逸らして立ち去っていく。ほっと胸を撫で下ろし、気にしすぎだおれは、と自分に呟いた。

……にしても、城之崎はなにを考えているのかよくわかんないやつだよな。いや、おれもひとのことは言えないけれども。

いつものペースで歩けば、地元が同じ城之崎とは電車が一緒になる可能性がある。これまで、偶然そうなったことは何度もある。城之崎はこちらを見ることすらないのに居心地が悪く、そういうときおれはそっと車両をかえたり、時間があれば一本あとの電車に乗ったりしている。

「のんびり歩くか」

誰にも聞こえないくらいの大きさで呟いて、いつもよりもゆっくりと靴を履き替えた。

学校から駅までは田んぼが広がっている。速度を落として歩いているからか、昨日はなにも思わなかった景色に季節を感じた。遠くに見える山はほんのりと赤みを帯びていて、あと一ヶ月もすれば燃えるように真っ赤に染まることだろう。とはいえ、今はまだ学ランを羽織ることもできないほどじめっと蒸し暑い。年々夏が長引いている気がするので、紅葉まではもう少し時間がかかるかもしれない。

細い小さな川のわりに立派な橋を越えると、駅が近くなってきて民家が増えていく。もう少し進むと寂れた商店街が高架下に沿って並んでいるのが見えて、その先に駅がある。時間にすれば十五分ほどだ。

急行電車で二十五分揺られ、比較的大きな駅で電車を乗り換え、さらに二十分先が家の最寄り駅だ。家までは徒歩で十分。つまり片道一時間十分。自分で言うのもなんだけれど、毎日よく通っているなと思う。

これだけ通学時間がかかるので、寄り道はあまりしたくない。が、今日はそういうわけにはいかない。颯斗にはいつも用事があると言って誘いを断っているけれど、今日は本当に用事がある。

乗り換えの駅で、自宅とは反対の観光名所のある駅に向かう電車に乗る。おれの目的地は十五分ほど先の小さな駅だ。

電車を降りて改札を出ると、駅前にはいくつものお店が並んでいる。アンティーク雑貨やヴィンテージのアパレルショップ、こぢんまりとした喫茶店など様々だ。どれも華(はな)やかさはないが、レトロ感が漂(ただよ)っていて落ち着きがある。

賑やかな商店街やショッピングモール、百貨店があるような駅よりも、おれはこのほうが好きだ。その理由は、駅前の雰囲気が好みなことに加えて、お気に入りのレコードショップがあるからだ。

「お、実くん、いらっしゃい」

「ども」

入り口のドアを引き開けると、カウンターに座っていたドレッドヘアの五十代くらいの男性が手を振ってきた。右手首から首元までタトゥーが入っていて、鼻と目元にピアスがついている。細くて吊(つ)り上がっている一重(ひとえ)の目のせいもあり、正直こわそうな見た目だが、とても気さくなオーナー兼店長のおじさんだ。

店内はおれの六畳の部屋くらいの広さがあり、そこには新譜はもちろん、古いレコードやCDがぎっしりと並べられている。ジャンルはほとんどが洋楽ロックで、その中でもメタルが多い。ときおりジャズやブラックミュージックなどもまじっているが、ポップスやクラシック、邦楽はほとんどない。店内がダークブラウンとブラックで統一されていて、カラフルな雑貨が飾られているのもいい。音楽も内装も、なにもかもがおれの好みなのだ。

「実くん、最近デビューしたこのバンド、好みなんじゃない？」

「あ！　それを今日買おうと思って来たんすよ」

店長がにやりと笑って一枚のアルバムをおれに見せてきた。

先々週、サブスクで流れてきたバンドのデビューアルバムだ。すぐに惚れてしまい、祖母の営むカフェのバイト代をもらったらすぐに店に行って買おうとメモしていたのだ。

店長は「やっぱりー」と言って、おれにアルバムを手渡してくれる。

「それにしても、実くんもなかなかこだわりの強いヲタクだよね。今の時代サブスクがあっていつでも聴けるのにアルバム購入なんて」

「それを言うなら店長もじゃないですか。それに、おれがアルバム買うのはメタルが今後も発展するための投資ですよ」

おれにとってサブスクは、あくまで曲探しだ。胸を張って答えると、店長はけらけらと笑う。

「その若さで投資って。将来有望だな」

でしょ、と自慢げに片頬を引き上げてから、新しいバンドでも発掘しようと棚を眺める。

この店に出会ったのは、高校生になってからだった。

昔の、今ではもう活躍していないバンドのアルバムを手に入れたくてネットやSNSで探していたときに、この店の情報を見つけた。店内の写真を見て、この店ならあるかもしれないと、電話で商品の在庫をたしかめることなく、どきどきしながら足を踏み入れた。

目当てのアルバムを見つけたときは興奮したし、見たことも聞いたこともないバンドのアルバムがたくさんあることに感動して二時間も店で過ごしてしまった。そんなおれの様子に、店長は「なかなかのファンだね」とうれしそうに話しかけてきてくれた。

それから、月に二回、最低でも一回はこの店に通っている。

店長はもちろん、この店にやってくる常連のひとたちと話すことが、おれにとって今、一番、そして唯一楽しい他人との時間だ。

好きな音楽について好きなだけ語り合えるのは楽しくて仕方がない。性別も年齢も、服装の趣味もまったくちがうひとたちだけれど、音楽という共通の趣味でつながりができた。そういうのも、なんか、すごくいい。もともと、デスメタルは歳（とし）の離れたひとに教えてもらったものだったから。

――『なにこの音楽。うるさいだけじゃん』

小学校のとき、クラスメイトにそう言われたことを思い出す。

あの頃はまだ、デスメタルではなく父親の影響で好きになった洋楽ロックだった。その記憶があるからか、デスメタルにハマっても、おれは同級生に音楽の話は一切しなかった。すでに友だちという薄っぺらな関係にうんざりしていたから、というのもある。

――『実は、やっぱり特別だな』

そう言ってくれたやつがたったひとりだけいたけれど、そいつとは話す機会もなくなっていた。まあ、そいつもおれの音楽の趣味を理解していたわけではないのでどうでもいい。

新曲おすすめコーナーで、試聴をするためにヘッドフォンをつける。なかなかかっこいいな、と思ってアルバムをまじまじと見た。ファンタジーメタルと言われるジャンルなのが一目でわかる、ヒーローの格好をした人物が真ん中にいるジャケットだ。膝（ひざ）まである黒いマントが風になびいている。

このひとも、ヒーローに憧れているんだろうか。

ふうん、と声に出さずに呟いてアルバムを棚に戻す。

なのに、やっぱりもう一度手に取ってしまう。

……いや、曲がかっこいいからだ。それだけだ。

「お、このバンド選んだか、さすがだな」

小一時間ほど試聴を繰り返し、結局さっき見つけたアルバムと目当てのアルバム二枚をレジに持っていく。ヒーローのジャケットを見た店長は「これ、かっこいいよな」と満足そうに頷いている。

「そういや、実くん知ってる？」

「なんすか」

支払い準備をしているおれに、店長が声のトーンを落として話しかけてくる。百円玉を漁りながら返事をすると、

「この辺、最近ヒーローが出るんだよ」

と耳打ちしてきた。

「は？　ヒーロー？」

「そう、ヒーロー。赤いヒーローがたまに現れるんだよ。噂じゃ若い女の子らしいんだけどね」

なんだそれは。

まるで小学校のときのおれみたいだ。でも、若い女の子、ということは、小学生ではないだろう。なのにヒーローって……。そんな変なやつがまじでいるのか。

「初耳？　実くんなら知ってるかもと思ったんだけどなあ。僕まだ見たことないんだよねえ」

店長は肩を落としてがっかりする。どうやら会ってみたいらしい。

そんなのおれが知るわけないじゃん、と思ったところで、そういえば今日の帰りに誰かがなんか似たようなことを喋っていたかも、と思い出す。赤い、ジャージだったっけな。

「なんで興味あるんですか。ただの変人でしょ」

「実くんは冷めてるなあ。すごいじゃないか、ヒーローになろうとするなんて。なかなかできることじゃないだろ。まあ、見るだけでいいんだけど」

興味本位だな、と店長は肩をすくめつつ「でも応援はしたいよなあ」と遠い目をして言った。今日はサングラスをかけていたので本当に遠い目をしていたかどうかは見えなかったけど。

「この辺に現れるんですか？」

「いやあ、それが場所はあんまり決まってないみたいでさ。見つけた常連さんも、場所はみんなバラバラだったし」

ふうん、と言ってトレイにお金をのせる。

噂になってはいるものの、それほど広まっていないのは行動範囲の広さゆえだろう。おれの小学生時代のように町の中だけであれば、あっという間に素性がバレるうえに住民に知れ渡るだろうけれども。大きな駅の近くにまで現れるのであれば、ひとが多い分わかりにくい。店長が言うには、顔も隠しているのだとか。年代や性別は、シルエットとか声とかから判断されたのだろう。

数年前、アメコミヒーローの格好をして人助けをしているというネットニュースを見かけたことがある。漫画に出てくるプロレスラーの名前で児童養護施設にランドセルやお金を送ったひともいたはずだ。

すげえな、とはおれも思う。

同じくらい馬鹿馬鹿しいな、とも思っている。

おとなになっても小学生のおれと同じようなことができるのはなんでなんだろうか、と不思議にもなる。ヒーローなんて、自己満足以外のなにものでもないのに。

「おれはあんまり、そういうの興味ないっすね」

そう言うと、なぜか店長は意外そうに目を瞬かせてから、「そういうもんかあ」と腕を組んで首を上下に振る。そして、にっと白い歯を見せておれに笑いかけた。

そこに込められた意味がわからず首を傾げる。

「んじゃあ、五十円のお釣りね」

「あ、はい」

「またいつでもおいでー」

　ひらひらと手を振ってくれる店長に頭を下げて、店を出る。

　時間はすでに五時を過ぎていた。十月なのでまだ空は明るいけれど、家に着く頃には暗くなっているだろう。やっぱり学校帰りに立ち寄ると、ほかの店に行く時間がない。今度は休日に来てアメリカ雑貨の店に行こう。たまに珍しいアメリカのおもちゃとか置いてあるので、あの店も結構好きなのだ。

　買ったばかりのアルバムをかばんの中に入れて、軽い足取りで駅に向かった。気分がいいので、曲を聴くよりもこの気分に浸っていたい。そして、帰ったらアルバムを堪能しよう。

　車の通りが少ない信号で足を止めて帰宅後の計画を考えていると、向かい側の歩道を、ひとりのおばあさんがゆっくりと歩いているのが見えた。スーパーの袋を両手にひとつずつ提げている。あまり重そうではないが、足腰が弱っているようで、歩く速度が遅い。

　まあ、自分で買い物に行くだけの元気がある老人なので、気にすることはないだろう。ゆっくりではあるが、ふらついている様子もない。きっと家もそれほど遠くないはずだ。

そう思いつつ目で追っている自分に気づいて、慌てて顔を逸らした。

「おばあさん！」

そのとき、女の子の声が聞こえてきた。

「荷物、運びますよ！」

おばあさんのうしろから駆け寄ってきたその子は、おばあさんの持っていた荷物に手を伸ばす。その光景に、青信号になったにもかかわらず、おれの体は動かなくなった。

ひとりの女の子がおばあさんを助けようとしていたから、ではなく、その女の子の格好のせいだ。

目元を隠したハーフマスクに、赤いマントに、上下赤いジャージ。

……あれは、なんだ。

「いや、このくらい大丈夫だよ」

おばあさんも女の子の格好に思わず警戒してしまったのか、戸惑った様子で彼女の申し出を断る。けれど「そう言わずに、任せてください！」と女の子は諦めずに胸を張って手を差し出す。ね、と微笑んだであろう彼女の気迫に押されたのか、おばあさんはスーパーの袋をひとつだけ手渡した。女の子は満足そうに、そして大事そうにその袋を提げておばあさんのとなりを歩く。

なんだあれ。

あれが、今日学校で誰かが話していた、レコードショップの店長が言っていた、赤いヒーローなのだろう。それはわかる。わからないはずがない。

ただ、おれが不思議で仕方ないのは、あの女の子が――城之崎だということだ。目元は見えないのに、なぜかそう確信する。

城之崎の声を知っていると言えるほど聞いたこともないのに、間違いないと思う。なんでなのか自分でもわからない。でも、そうなのだ。

――正直、ドン引きだ。

ひとのこと言えんのか、と自分に突っ込むが、小学生男子のヒーローごっこと高校生女子のヒーロー活動は別物だろう。見ているおれまで恥ずかしくなるくらい、痛々しい。しかもなんだあの格好、まじでダサい。なぜジャージなんだ。ジャージにマントっておかしすぎるだろ。

イタイ。まじでイタイ。ひどい。

呆然（ぼうぜん）とおばあさんとヒーロー（城之崎）の姿を見つめていると、彼女が不意に視線をこちらに向けてきた。反射的に目を逸らす。

いや、おれはべつにバレたっていいんだけど。

そもそもおれは今、素性を隠そうと思ってないし。

なのに、体がまったく動かない。信号を渡らなければならないのに、城之崎のほうに向かうことになるため、どうしても足を進められない。

背後から、自転車がやってくる音が聞こえる。どうやら三人か四人組のようで、楽しげな笑い声も聞こえてくる。

はっとして再び視線をおばあさんと城之崎に向ける。ふたりは信号を渡りはじめていた。そして、うしろを振り返る。中学生男子らしい集団で、自転車は四台だった。話に夢中なのか誰も前を見ていないうえに、緩やかな下り坂のせいでスピードも出ていた。

彼らの視界におれの姿はなんとなく入っているだろうけれど、このままそのスピードで自転車がおれを通り過ぎたら――おばあさんにぶつかりかねない。ぶつからなくても、おばあさんが突然現れた自転車の集団に驚いて、転けて、大きな怪我をしてしまう可能性もある。

気がつけば、地面を蹴っていた。

おばあさんがバランスを崩さないように手を体に添えて、

「おい、危ないぞ」

と少年たちに声をかける。

そこでやっと前にひとがいることに気づいたらしい少年たちは、慌ててブレーキをかけて速度を少し落とし、おれたちのそばを通り過ぎていった。

「すみません、急に」

ほっと息を吐き出しておばあさんに声をかけると、

「ああ、びっくりした。あなたにも、自転車にも」

おばあさんは目を見開いて胸に手を当てる。そしてクスッと笑みをこぼしてから、「どうもありがとう」と丁寧（ていねい）に頭を下げてくれた。

おばあさんの家は徒歩五分のところにあった。あのまま立ち去るのはなんだか気が引けたので、おばあさんの持っていたもうひとつの荷物を持って玄関先までついて行った。お茶でも飲んでいきなさいと言われたが、それを断って来た道を戻る。

……そして当然、そのおれのとなりには、ヒーロー（城之崎）がいる。

相手が城之崎なのもやばいけれど、こんな痛々しい恥ずかしい格好をしているやつのとなりを歩きたくないんだが。通りすがりのひとがちらちらと視線を向けてくるので、今すぐ逃げ出したい。これとおれは無関係ですと叫びたい。

が、さすがにそんなことはできない。

一応本人は……ヒーロー活動に胸を張って勤しんでいるのだろうから。

とりあえず駅に着いたらさっさと立ち去ろう。

なるべく目を合わさないように前だけを見て歩く。

っていうか、城之崎はおれに対して今、なにを思っているのだろうか。さっきから一言も言葉を発していない。

おれがクラスメイトだってことは、わかっているはずだけれど。いや、まわりに興味がなさそうなので、誰の顔も覚えていないかもしれない。

同じクラスになってから半年、城之崎はおれのことを――過去の噂を――知っているようには見えなかった。あの日、目が合ったと思ったのはおれの気のせいだったのだろう。

そうだよな、そりゃそうだよな。おれが気にしすぎていただけだと、今やっと心から安堵する。

……だからといって、この気まずさは拭えないのだが。

そっと視線だけを彼女に向けると、城之崎はなにを考えているのかわからない顔で前だけを見ている。それは、ハーフマスクをつけていてもわかる。さっきおばあさんに話しかけたときはハキハキしていた気がするけれど、今はおれの知っている城之崎だ。

結局、駅に着くまでおれと城之崎のあいだにはなんの会話もなかった。なんでここまで並んで歩いてきたんだろうか。今さらどうでもいいかと、改札に向かう階段の下で「じゃ」と軽く頭を下げて足を踏み出す。さっさと帰ろう。離れよう。が、シャツをくんっと背後に引かれて、足がとまる。

「え？」

振り返ると、城之崎がおれを見上げていた。さっきまで一度も目を合わせなかった彼女は、今はまっすぐにおれに視線を向けている。

「……鈴森(すずもり)くん、だよね」

おれがクラスメイトだと気づいていたことも驚いたけれど、おれの名前を知っていたことにも驚きを隠せない。喋りかけられたことにもびっくりしているけれど。

「そう、だけど」

あなたは城之崎ですよね、と口にしかけて呑み込んだ。

なんとなく、目の前の赤いジャージ姿の彼女に名前を呼ぶのは無粋(ぶすい)な気がしたからだ。

「十分、ここで待ってて」

「え、なんで」

「着替えてくるから」

待っててね、と念を押して彼女はうしろにあるコインロッカーに向かい、大きなかばんを取り出した。そして「動かないでね」と言って駅のトイレに入る。

着替えるって、なんでだ。おそらく制服か私服姿になるのだろう。それはわかる。けれど、なんで今？　そしてなんでおれに待つように言ったのか。正体がバレるけどいいのか。バレていることに気づいて、隠していても仕方ないと思ったのだろうか。あのダサい格好でのヒーロー活動の説明でもするんだろうか。どうでもいいんだけど。

ぐるぐると考えているあいだに、

「お待たせ」

と、全身赤色だった城之崎が、教室にいる制服の城之崎になって戻ってきた。若干城之崎の息が切れているのでかなり急いで着替えたのだろう。

城之崎もこんなふうに、急いだりするんだな。

他人を気遣うような考えがこいつにもあったのか。

「なにその顔」

「べつに……いつもの顔だけど」

たぶん。

自分の頬をさすりながら答える。実際、どんな顔をしていたのか自分でもよくわからない。

「鈴森くん、このあと用事ある？」

城之崎がおれに訊いてきた。

彼女の声は、なぜか教室で聞くよりも感情がこもっているように感じた。なにがどうちがうのかはうまく言葉にできない。声も、表情も、姿形も、いつもの城之崎なのに。

「ない、といえば、ない、けど」

この状況にうまく対応できず、素直に答えてしまう。

言葉にしてから、いやここは断るべきだろ、と自分に突っ込むが、今さらだ。

城之崎は「じゃあ、どこかでお茶でもしない？」とおれの横を通り過ぎて階段を上がっていく。

「ほら、はやく」

思考回路がおかしくなってしまったのか、体が動かない。ただ突っ立っているおれに、城之崎が振り返りわずかに眉根を寄せた。

「あ、ああ」

「乗り換えの駅で降りるから」

「あ、はい」

背筋を伸ばして歩いていく城之崎のうしろを、首を傾げながらついていく。なにやってんだ、おれ。え、まじで城之崎とお茶すんのか？　会話できんのか？　城之崎とふたりで向かい合って過ごすとか、想像ができない。

今からでも断るべきだと思うのに、前を歩く城之崎を見ると声をかける勇気が出ず、ちょうどホームにやってきた電車に一緒に乗り込んだ。

ドアのそばにふたり並んで立っているあいだ、おれたちは一言も言葉を発することはなかった。ただ電車に揺られて城之崎の言った乗り換えの駅で一度改札を出る。家に帰る場合は素通りする駅だ。城之崎も同じ地元なので、帰りも一緒になるんだろうか。

ゆっくりと空が赤く染まりはじめているが、まだ夕方のため駅付近にはそこそこひとがいる。ほとんどが学生で、それは駅のそばにまあまあ大きめのショッピングモールやいくつかのファストフード店、ファミリーレストランがあるからだろう。

「お腹空いてる？」

「いや、べつに。城之崎が食べるなら付き合うけど」

「じゃあ、フードコートで」

はい、とさっきと同じような返事をして、ショッピングモールに向かう城之崎に続いた。

地元にあるショッピングモールよりも大きいため、フードコートも倍くらいの広さがあった。中学生の頃から友だちと遊びに行くことをほとんどしていないので、ここに足を踏み入れるのははじめてだ。

「結構いろんな店があるんだな」

四階はフロアの半分以上がフードコートになっていて、壁際にずらりと店が並んでいる。ファストフードにうどんに丼(どんぶり)に、中華やアジア料理もある。しかもどれも結構おしゃれでおいしそうだ。空腹は感じていなかったのに、見るとちょっとお腹が空いてくる。でも家に帰ったら晩ご飯が用意されているだろうし、飲み物だけにしておいたほうがいいだろう。

「ここで待ってて」

城之崎はそばに柱があるすみっこのあまり目立たないテーブル席を選んで、大きなかばんをイスに置き、おれに声をかけた。そして、おれの返事を待たずにどこかの店でなにかを買いに歩いていく。

そのうしろ姿を見つめながら、あらためて変な状況だなと思う。つい数時間前までほとんど喋ったことのなかった城之崎と一緒にフードコートにいるとか。人生なにがあるかわからないものだな、ほんと。

城之崎の置いていったかばんは、大きなトートバッグだった。ファスナーがついているので中になにが入っているのかはわからないが、おそらく赤いジャージとマント、そしてハーフマスクが詰め込まれているのだろう。

とりあえず水だけでももらうか、とセルフサービスの水を取りに席を立つ。ふたつの紙コップに水を注いで戻り、ひとつは正面の、城之崎が座るであろう場所に置いて、自分の分に口をつける。そして頬杖をついておとなしく待っていると、トレイを持った城之崎がこちらに向かってくるのが見えた。

一目で城之崎だとわかるくらい、彼女には妙なオーラがある。校内でしか城之崎を見ることがなかったから、それは彼女の噂のせいだと思っていた。けれどそうじゃなかった。城之崎はどこにいても、彼女を知らないひとでも、視線を奪うなにかを醸し出している。

「お水、ありがとう」

トレイを置いて腰を下ろした城之崎が、おれに言った。

「ついでだから」

「わたしも、ついで」

はい、とカップを渡された。戸惑っていると「これもどうぞ」とポテトフライを真ん中に置いて、取りやすく中身を紙ナプキンの上に広げる。

「どうも。あ、お金」

「口止め料だから、気にしないで。それだけでもないけど」

なるほど。このドリンクを奢るかわりにさっきのヒーロー活動を誰にも言わないでほしい、と。そういうことなら遠慮なく受け取ったほうがいいだろうと、ストローをさして口をつける。城之崎が買ってきてくれたのはジンジャエールだった。

……でも、それだけでもない、ってどういうことだろうか。

首を捻り、目の前の城之崎の様子を窺う。城之崎はジュースに口をつけてからポテトフライをひとつつまんでぱくりとくわえた。

そして、ちろりとおれを見る。

「なに？」

彼女の瞳がおれに向けられている。思っていた以上にまつ毛が長いな、と気づく。あと、左右で若干大きさや形がちがっていた。片目は二重だけれど、もう片方は奥二重のようだ。

「なにもねえよ」

「あっそ」

口をもぐもぐと動かし、ポテトを飲み込んだ城之崎が、「ねえ」と言葉を発した。

思わず、身構える。なぜかはわからない。

「鈴森くん、お人好しでしょう？」

「いや、そんなことはない、と思うけど」

　思いもよらないセリフに首を傾げる。

「教室ではひとりで音楽聴いて、他人なんかどうでもいいって感じだけど」

　いや、城之崎も大概だろ。城之崎にだけは言われたくないんだが。

「でもじつはお人好しだな、とも思ってたんだよね。友だちにノート貸してたり、親しくない相手でも落とし物を拾ってあげたり、荷物運んであげたり」

「そのくらい誰でもするだろ」

　当たり前、とまでは言わないが、おれにとっては普通のことだ。見てしまったものを無視するほうが、いやだから。

　っていうか、なんでそんなことを知っているのか。

「こうしてわたしの分の水を用意してくれるのもだけど、なにより、さっき、おばあさんを助けようと動いてくれたし、おまけに家まで送っていったし」

「それ、は……誰だって」

「誰だってしないよ、そんなこと。少なくとも、わたしが人助けをはじめてから今まで、鈴森くんみたいなひとはひとりもいなかった」

　そうかもしれない、と自分でも思う。

　だからといって、城之崎の言うように自分がお人好しだとは思えない。だって助けるためにやっているわけじゃない。おれは、おれのためにやっているだけだ。幼い頃のヒーローごっこのせいだろうか。どっちにしてもあの頃も、おれはおれの自己満足のためにヒーローごっこをしていたのだけれども。

返事に困ってストローに口をつける。

この話を終わらせるにはどうしたらいいだろうか。

城之崎はこんなことを話すために、おれをお茶に誘ったのだろうか。

「ねえ、鈴森くん」

「なに」

「わたしと一緒に人助けしない？」

ぶふっと飲み物を噴き出しかける。その勢いで気管に入り、ごふごふ咳き込む。喉と鼻がヒリヒリする。

「大丈夫？」

「だ、だいじょ、ぶ、じゃ……な、なん、て？」

なにを言いだすんだこいつは。

涙目で城之崎を睨むと、「一緒に人助け」と素直に繰り返された。

いや、そうだけどそうじゃない。っていうかなんだその思考。なんでそうなる。

まさか、おれが昔ヒーローごっこをしていたことを知っているのか？

はっとして血の気が引く。いつから知っていたんだろう。もしかしてすべてわかっているのでは。いや、これまで城之崎はなにも言わなかったし、態度にも見せなかった。

口元を押さえて黙り込んでいると、

「わたしひとりじゃ、なかなか手が回らないんだよね」

とため息まじりに言う。

「は？」

「だから、一緒に人助け、いや正確に言うと、一緒にヒーローになってくれない？　鈴森くんのお人好しってヒーロー向きだと思うから」

城之崎の表情は、いたって真剣だった。

おれの過去を知っているから、という理由で誘ったわけではなさそうだ。

ほっとすると同時に、それはそれでこいつまじでイタイな、と思う。小学生のおれとは比べものにならないイタさだ。お人好しだと思った相手を堂々とヒーローに勧誘するなんてやばすぎるだろ。

んんん、と咳払い（せきばらい）をしてから、喉を潤す（うるお）ためにジンジャエールを飲み干す。

さっき言っていた〝それだけでもないけど〟はこの勧誘のことだったのか。

ふうっと一息ついてから、気持ちを整える。そして、はっきりと断る。

「無理、っていうか、いやだ」

「なんで？」

なんでとは。

城之崎は心底理解ができないのか、目を大きく見開いて不思議そうな、驚いたような、そんな顔をする。お前の思考回路のほうが心底理解できねえよ、と言ってやりたくなる。

「なんでそんなことおれがしないといけないんだよ。やりたくないだろ、そんな恥ずかしいこと。絶対いやだ」

「恥ずかしくないよ、人助けだよ。なんでそれが恥ずかしいの」

「……いや、恥ずいよ。そうでなくてもあのダサい格好がまず恥ずい」

「だってヒーローなんだから、正体は隠すべきでしょ」

「隠せてなかったしダサい。赤けりゃいいって感じがダサい」

「でもやっぱりヒーローは赤だと思うんだよね。ひとりだったしさ。あ、鈴森くん、赤がいいとか」

城之崎ははっとした表情を見せる。

いやそうじゃない。そんな話はしていない。

やばい、会話が通じない。

目の前にいるこいつは、本当の城之崎なんだろうか。学校では必要最低限しか話さないのに、なぜこんなに（やばい内容だけれど）喋るんだ。澄ました顔でまわりなんてどうでもいいとでも言いたげな態度だったじゃないか。まさかこんなやつだったとは。

これ以上ここにいては危険だと感じて、すっくと腰を上げた。

「おれはやらない。ひとりでやれよ。孤高のヒーローでいいじゃん」

わかりやすいように、城之崎をわざと見下ろしながら皮肉を口にする。

「ジュースもらったからヒーローの正体は黙っててやるよ」

じゃあな、と言葉を付け足して空になったドリンクのカップを手にして足を踏み出す。と、空いているほうの手をがっしりと掴まれた。

「ヒーローはひとりって決まってないから大丈夫！」

「なんの話だよ！」

思わず突っ込んでしまった。

「ほら、仮面ライダーもふたりとか三人とかいるじゃん。戦隊モノは五人だけどあとからもうひとり増えることも多いし、だから、鈴森くんが途中から参加したってべつにいいんだよ」

誰もそんなこと言ってねえよ。

「おれの話ちゃんと聞いてんのかよ……」

「赤がいいなら……いやでも、あのジャージ鈴森くんには小さいと思うんだよね。あ、マントもいるんだっけ」

「いらねえよ」

顎に手を当てて真剣に考え込む城之崎にゾッとする。

話を聞いてくれ、頼むから。

いつの間にかふたりとも声が大きくなっていたせいで、フードコートにいるほかの客の視線を集めてしまっていることに気づく。慌てて顔を隠すように俯く。

とりあえず城之崎を宥めなくては。

「あのな、おれは、やらないの。ひとりとかふたりとか赤とかそういうの関係なく、ヒーローなんかやりたくないから、やらない。わかったか？」

なんで子どもに言い聞かせるみたいに、ゆっくりはっきり口にしなきゃいけないんだ。

「なんで？」

「なんでもくそもあるか。やりたくないからやらない。それでいいだろ」

はあっ、とため息まじりに答えて城之崎を見ると、不思議そうに首を傾げている。ヒーローになりたくない理由がまったく理解できないかのようだ。

「とにかく、無理だから。ひとりでやってくれ」

こいつとはわかりあえない。つまりこのまま話をしていても時間の無駄だ。さっさとこの場を離れよう。

じゃあな、と手をそっと振り払おうとする。

「そう、わか——あ、待って！」

やっとわかってくれたか、と思った瞬間、なにかに気づいたらしい城之崎が掴んでいた手に力を込めて再びおれを引き止める。

「もういい加減しつこいんだけど、なに」

「忘れて」

「は？」

「今日のこと、全部。だから、学校では話しかけないで」

どことなくおれを脅迫するような鋭い眼差しで城之崎が言う。

……いや、話しかけるつもりは微塵もないが。

「黙っててやるって言っただろ。おれがまわりに言いふらして笑いものにするとでも思ってんのかよ。そんなことしねえよ」

「そうじゃなくて。でも、誰にも、誰にも言わないで。学校ではこれまでどおりでいて。間違っても話しかけてこないで」

なんか、ムカついてきた。

「もういいだろ」

「お願い！」

「そんなことしないって言ってんだろ。もう帰るから放せよ」

「本当に？　本当だよね？　約束してくれる？」

しつけえなあ。なんでそんなに必死なんだよ。

城之崎には、おれはそんなに品のない人間だと思われているのだろうか。気分が悪い。だからか、約束する、という返事をするのは癪に思えてくる。

「じゃあな」

せいぜい不安になっていればいい。城之崎の腕を掴んでほどき、挨拶だけして踵を返した。けれど、ふと足を止めて振り返る。

「隠したいなら、仲間が欲しいからって無闇にひとを誘わないほうがいいぞ」

そう言葉を付け足すと、城之崎は目を瞬かせる。もしかしてなにも考えていなかったのだろうか。迂闊すぎるだろ。

再び背を向けて歩きだすと、背後から「鈴森くん！」とおれを引き止める声がした。けれど、無視してさっさと離れる。

これ以上付き合ってられるか。いい歳してだっさい格好でヒーローに扮して馬鹿馬鹿しい。

ヒーローになんてなろうとしたところで、なにかを成し遂げられるわけではないのに。世界はそう簡単にどうにかできるものではないのに。

ほとんど中身がないのを忘れてストローに口をつけると、ずずっと不快な音が鳴った。舌打ちをして通りすがりにあったゴミ箱にカップを勢いよく投げ入れる。

おれと城之崎が言い合っていたからか、まわりの視線がおれに向けられているような気がして居心地が悪い。どこかから「あれってさあ」「やばいんじゃない？」「かわいそー」という声が聞こえてきた。おれのことを話しているのかどうかはわからない。なのにそわそわする。自意識過剰だとわかっていても、気になってしまう。それがいやですぐにイヤホンを取り出し、スマホから音楽を流した。すると、途端に自分だけの世界が出来上がる。この世界にこの音楽が聴こえるのはおれだけなのだと思うと気持ちが落ち着いてくる。

はやく帰ろう。帰って部屋にこもって、爆音で音楽を聴こう。

煩わしいこの世界に自分がいるのかと思うと、いやでいやで仕方がない。

だから、自分だけの世界にはやく、帰りたい。

+――――+

ふあ、とあくびをすると涙が浮かんだ。

昨日はついついテンションが上がりすぎて、夜遅くまで音楽を聴き続けてしまった。寝ていたわけではないが、今日一日の授業の記憶がほとんどない。ぼーっとしているあいだに授業が終わり、だるい体をのそりと起こす。

タイミング悪く、ちょうど城之崎が席を立って教室の出入り口に向かうところだった。

視線がぶつかり、城之崎の瞳が一瞬不安げに揺れる。昨日靴箱で会ったときには見せなかった表情だ。けれど、もちろん言葉を交わすことはなく、そのままお互い目を逸らした。

今日一日、城之崎はちらちらとおれを見ては心配そうな顔をしていた。特に、おれが誰かと話しているときに。昨日のことを誰かに言わないかどうか気がかりなのだろう。

そんなに秘密にしたいのなら、おれに話しかけなければよかったのに。ましてやヒーローにスカウトするとか、どうかしているとしか思えない。

もちろんおれはその話を誰にもしていない。ネタがネタだけに自爆しかねないのと、学校にそんなどうでもいいことを話す相手がいないからだ。それだけだ。

ただ、こうして気にされると気まずいというか、なんというか。

視界から城之崎を追い出したくて、大きく足を踏み出し、城之崎よりも先に教室を出ようと追い抜かす。と、

「やっぱり、城之崎さんがさ」

「まじで？　鈴森と？」

どこからかそんな声が聞こえてきて、足を止めてしまう。

振り返ると、顔面蒼白になった城之崎が見えて、その向こうにこちらを見ている男女のグループと目が合った。

「あの、鈴森くん、大丈夫？」

ひとりの女子がよくわからないことを言う。名前はなんだったか思い出せないが、クラスでも目立つ、ハキハキ喋る背の高いセミロングの女子だ。彼女はちろりと城之崎のうしろ姿を見て「もし、困ってるなら」とおれに言った。

なんの話をしているんだ。

城之崎は意味がわかっているのか、黙ったまま固まっている。

だけど、おれにはなんの心当たりもない。おれと城之崎が関係していることで思

い当たることはといえば、昨日のことくらいだ。でも、誰にも喋ってないし。っていうか、なんで大丈夫かどうか、困っているかどうかを訊かれているのか。

　意味がわからず首を傾げ黙っていると、

「もしかして、本当は付き合ってるとか？」

　女子と一緒に話をしていた男子のひとりが声を上げる。

「誰と誰が？　おれと城之崎のこと言ってんの？　なんで？」

「実、昨日、一緒にいたんだろ」

　いつの間にか颯斗がそばにいて、おれに教えてくれた。

　なるほど、そういうことか。

　昨日誰かがおれたちを見かけたのだろう。この町の狭さはおれが思っていた以上だったようだ。学校の最寄り駅から離れていたが、あのショッピングモールは学生が多かった。学校帰りに立ち寄る同級生がいてもおかしくはない。ただ、様々な学校の生徒がいたので逆に目立つことはないと思ったし、おれたちはかなりすみに座っていたので気にしていなかった。

「あー……えー……」

　たしかに昨日は城之崎と一緒にフードコートに行った。が、そう答えていいものか。唇（くちびる）を噛（か）んでなにも言わない城之崎を一瞥（いちべつ）し、言葉を濁（にご）す。彼女の様子を見るに、そうなるに至った経緯を説明してはいけない、と思った。

でも、この状況でなにも言わないのもどうなのか。どうすべきなのか。

いやそもそも、ふたりで一緒にいただけで付き合ってる、と言いだすのはどうなんだ。小学生や中学生じゃあるまいし、こんなくだらないことが一日で広まるとか、みんなどれだけ噂に飢えているのか。おれも城之崎もひとと絡むことが少ないから、だろうか。ああ、面倒くせえな。

「鈴森くん、迷惑ならはっきりそう言って突き放したほうがいいよ」

「え？」

まさかヒーローに勧誘されたことまで噂になっているのか。

まわりには誰もいなかったはずなのに。

焦った表情をしたうえに、つい城之崎に視線を向けてしまったからか、女子は「やっぱり」と眉間に皺を寄せる。

「城之崎さんに付き纏われてるんでしょ」

「——ん？」

付き纏われている、とは。

「昨日、帰ろうとした鈴森くんを城之崎さんが引き止めてたんでしょ。しつこくて、鈴森くんがすごく困ってたって聞いたよ」

「あー……あー、なるほど」

昨日の状況を思い出す。話が聞こえない状態でおれたちの様子だけを見ていれば、そう思われるのもわからないではない。なるほどそうなるのか。城之崎がおれのことを好きで、しつこく言い寄っていて、おれがうんざりしている、と。

って、なんだそれ。

勝手に物語を作らないでほしい。

「城之崎さん、どうなの？」

「……そんなんじゃない」

話しかけられた城之崎は、ヒーローのことがバレたわけではないとわかり、幾分さっきよりも落ち着きを取り戻しているように見えた。

「じゃあなんの話してたわけ？」

「それ、は」

視線を彷徨（さまよ）わせた城之崎が、救いを求めるようにおれを見た。

「こういうおとなしいタイプって、恋愛にハマるとこわかったりするよな」

「普段興味なさそうなやつがハマると、それしか見えなくなるってやつか」

「そうそう。鈴森も災難だよな。なんでそんなことになったわけ」

城之崎は否定したが、そのあとになにも言えなかったことで嘘（うそ）をついたと判断したらしい男子がけらけらと笑いだして、勝手に話を大きくしていく。まあ、ハマったらやばいのは、城之崎のヒーロー活動を知っているおれも同意見だが。

城之崎はスカートをぎゅっと握りしめた。

「ちょっとやめなよ。そこまでじゃないでしょ。でも、城之崎さんもここでやめとかないと、いろいろ面倒なことになるしさ」

男子を諫（いさ）めた女子が、やさしい声色（こわいろ）で城之崎に話しかける。

「そりゃあ、振られたってすぐに気持ちを切り替えられるものでもないけどさ」

「気持ちはわかるけどね、そういうの余計にきらわれるもんねえ」

同情しているのがありありと伝わってくるほど、やさしい言葉だ。それは、でろりと溶けたチョコレートみたいで、甘ったるくて肌についたらなかなか取れない、そんな気持ち悪さがあった。なんだってここまで城之崎がおれを好き、という構図が出来上がっているのだろう。

でも、そういうことにしてこの話を終わらせるのが一番楽だろう。城之崎には悪いが、しつこくてやばいのは当たらずとも遠からずだし、なにより本当のことを知られるよりもマシなはずだ。

そう思っていたところに、少し離れた席に座っていた男子が、

「やっぱり、親娘って似るもんなんだな」

と、大きな声で言った。

女子たちと話していたやつではなく、クラスでも目立つ口の悪い木内(きうち)だ。悪いやつではないが、面倒くさくて、調子に乗ると鬱陶(うっとう)しいくらいしつこく語るタイプだ。あまり関わりたくなくて、おれはほとんど話したことがない。

「どういうこと」「ほら、城之崎さんのお母さんってさ」「いろんなひとと付き合ってて、家にいないんだって」「恋愛体質って言うんだっけ、そういうの」「子ども放置して恋人と住んでるとか」

ひとつひとつは大きな声ではない。

けれど、教室の中に広がる城之崎の噂話に、鼓膜を破り捨てたくなる。

さっきまで城之崎の過去の話を口にするやつはいなかったのに、たったひとりが余計なことを言いだしたせいで、空気は一瞬にしてかわる。

同情が、哀(あわ)れみに、そして、若干の嫌悪を含んで、歪(ゆが)んでいく。

自分たちの発している言葉が、故意ではなくとも悪意の塊(かたまり)でしかないことになぜ気づかないのか。

そしてそれは、加害者と被害者という関係を描いていく。

感覚が遠くに投げ飛ばされたみたいに遠のいていく。

脳内で、昨晩聴きまくったメタルの曲が鳴り響く。

無意識に拳を強く握っていたらしく、手のひらに爪が食い込んでちりっと痛みを感じた。

「昔それで、子どもが邪魔になって――」

城之崎が、ぴくんと体を震わせた。

普段の冷めた表情に、かすかに恐怖が滲んで顔色がさらに青白くなっていく。

「おれだよ」

おれだけに聞こえてくるメタルの低音をかき消すように声を張ると、瞬時に音と声が消えて静寂に包まれた。クラスメイトの視線がおれに集中する。

「おれが、城之崎に付き纏ってたんだよ」

「なんで実が？」

黙ってそばにいた颯斗に訊かれて、必死に理由を考えた。時間にしたら一秒にも満たないあいだに導き出したものは、

「気になることがあって、たしかめてただけ」

という、結局曖昧なものだったけれど。

でもそれで十分だったらしく、勘違いをしていた女子たちが「え、どういうこと」「なにそれ」と戸惑いの表情を浮かべておれと城之崎を交互に見る。

なんでおれがこんなことを。

でも、教室の中に充満していた厭わしい空気がなくなったことで、体から力が抜けた。さっきよりも息がしやすくなる。

「じゃあもういいだろ」

「待って」

背を向けたおれを引き止めたのは、さっきまで固まったまま動かなかった城之崎だった。

このタイミングでおれを呼ぶとか、馬鹿なのかこいつ。これではまるで、やっぱり城之崎がおれに付き纏っていたんだ、と思われるだろ。

眉根を寄せて振り返ると、城之崎が眉を下げておれを見ていた。

そして、頭を、下げた。

「鈴森くんの気持ちには、こたえられません。ごめんなさい」

……え、なにそれ。なにその謝罪。

ぽかーんとしているおれを置いて、城之崎は足早に教室を出ていった。

静まり返った教室には、クラスメイトの動揺が広がっている。そして、全員が気まずそうにおれから目を逸らし、なにごともなかったかのようにいそいそと荷物を片付けたり友だちとの会話を再開させたりしている。

ちょっと待て。なんだこの空気は。

「どんまい、実」

颯斗がおれの肩にぽんっと手を乗せて呟いた。

なんでおれが振られたみたいにならなきゃいけねえんだ！

2 その日、少女は世界を讃(たた)える

納得がいかない。ものすごく不満だ。

もそもそとひとりで弁当を食っていると、颯斗がやってきておれに声をかけてきた。視線を向けると颯斗の手元には菓子パンがあり、どうやらここでお昼を食べるつもりなのがわかる。

「実、元気出せって」

「うるさい。友だちと食えよ」

「冷たいなあ、実も友だちだろ」

「おれに鬱陶しい友だちはいねえ」

うはは、と肩を揺らした颯斗は、おれの言葉など気にせず前の席に座った。そしてくるりと振り返り、おれと向かい合わせの状態でパンを頬張りはじめる。

ここ数日、颯斗はずっとご機嫌だ。以前からよくおれに話しかけてきたけれど、最近は休み時間のたびに近づいてくる。そのせいで、颯斗がよく一緒にいるクラスメイトも親しげに接してくるようになった。

……いや、颯斗のせいだけではない。

自分の言動の結果だ。それ以上に、城之崎のせいだ。

先週、余計なことをした自分が恨めしい。そのせいでおれは城之崎に片思いをしていて、教室の真ん中で振られたような形になってしまった。そんなおれに、颯斗もクラスメイトもどうやら同情しているらしい。いや、楽しんでいる、と言ったほうがいいか。

　はーあ、とため息をつくと、颯斗は「そう悲観的な顔をするなって」とにこにこした表情でおれに言う。

「誰も本気で実が城之崎に振られたとは思ってねえよ」

「……だとしても、おれが納得いかないんだよ」

　クラスメイトのほとんどはそこまで気にしていない。それはおれもわかっている。

　数日のあいだは、みんなちらちらとおれと城之崎の様子を窺っていた。けれど、これまでのようにまったく話をしないおれたちの関係に、なにか事情があったんだろう、ということで深く考えるのをやめたようだ。多少噂になったので、廊下を歩いていると、まだ誤解しているほかのクラスのひとから視線を感じるときもあるが、それもそのうちなくなるだろう。

　その程度の些細なことだ。釈然としないけれど、いつまでも引きずるのは馬鹿馬鹿しいことくらいおれもわかっている。

　おれが納得できず不満に思うのは、別の理由だ。

――実はやっぱり、根っこはかわってないんだな。

数日前、あまりに上機嫌な颯斗にその理由を訊ねたとき、言われたセリフが蘇る。

——なにがあったか知らないけど、城之崎のためにああ言ったんだろ。

確信を持って言われて、咄嗟に返事ができなかった。

べつに、城之崎のためではない。ただ、あの空気が、流れが、いやだっただけだ。気持ち悪くて耐えられなかっただけだ。なのに、そう即答することができなかったことが、喉に小骨が刺さっているみたいに鬱々とした気分にさせる。

だから、颯斗にそんなふうに思われていることが納得できない。そして、不満だ。

「城之崎、鈴森と食べなくていいのかよ」

木内の声が聞こえてきて、眉間に皺が寄る。目だけを動かして木内のほうを見ると、少し離れた場所から城之崎に、「やっぱ無視かよ」と話しかけて笑っている。

城之崎は平然とした顔で昼ご飯を食べ続けていた。

城之崎はいつもあの調子だ。おれに「気持ちには、こたえられない」とまわりに誤解されるような発言をした次の日も、その次の日も、それまでとなんらかわらない。

なんのつもりであんなことを言ったのか訊きたい気持ちはあるけれど、今は絡まないのが一番なので気にしないようにしている。

なんだか、おれだけが損した感じだ。

あのとき、おれが口を挟（はさ）むまでぶるぶる震えていたくせに。そんなに隠しておきたいなら、あんなダサくて無意味なヒーロー活動なんてやめればいいのに。

っていうか、今も、続けているのだろうか。

おれのときみたいに、ちょっと親切そうなひとを見かけたら誰彼かまわず声をかけてはいないだろうか。おれがはじめて、なわけもないだろう。そんなことしてたら、すぐに正体がバレるぞ。現時点でバレていないことが不思議なくらいだ。

いや、どうでもいいけど。

「無視とかひどくね？」

ついつい城之崎のことを考えてしまっていると、木内の声がまた教室に響く。

木内は、城之崎をいじめようと思っているわけではない。毎日毎日同じようにからかう、ということもない。ただ、なにも考えていないだけだ。そのときふと思いついたことを、すぐ口にしてしまうだけ。だからこそ、ややこしい。

おれの視線に気づいたのか、木内と目が合ってしまった。

「なんだよ鈴森、怒ってんの？　冗談だって」

ふは、と木内が笑う。こうして思いついたときに余計なことを口にするのは、城之崎に限った話ではなく、おれに対しても同じだ。そして、ほかのクラスメイトに対しても。テストの点数が悪かったことや走り方がおかしいこと、ときに寝癖がついていたことでも、相手が誰であっても同じように言う。

「木内もしつこいなー、モテねえぞー」

颯斗が呆れたように声をかけると、木内は「冗談じゃん」とヘラヘラ笑う。

「相手にするなよ、颯斗。面倒くさい」

「……そうだけどさー」

「時間の無駄だし、相手にするだけ無駄な時間が延びる」

それだけおれと城之崎が不快な時間を過ごす羽目になる。

にやりと口の端を上げた颯斗に、「助けるとかじゃねえからな」と念を押すと、颯斗はわかってるわかってるよ、と満足げに頷いた。

絶対わかってないだろ、その顔。

城之崎が声をかけてきたせいで余計な関わりができてしまったが、それも一時的なことだろう。

このまま以前のように過ごしていれば、しょうもない噂は薄れていって、おれたちはただのクラスメイトという、限りなく無関係に近い他人に戻れるはずだ。

そう思っていたのだけれど。

「もしかして、道に迷ってます？」

上下赤いジャージを着てマントを羽織った城之崎の姿を見つけてしまい、がっくりと肩を落とす。

なぜここにいる。

学校帰り、家から数駅離れた場所で電車を降りて目的地に向かっていると、前に見かけた全身赤い城之崎がヒーロー活動に勤しんでいる姿があった。そういえばレコードショップの店長が赤いヒーローの話をしたとき、決まった場所に出没するわけじゃない、と言っていたのを思い出す。

だからって、こうして二度も出くわすなんて。運がないにもほどがある。

城之崎に声をかけられていたのは、おれの父親よりもいくつか若そうな中年男性で、スマホを真剣な顔で見つめていた。彼は赤いその姿にぎょっとしてから「大丈夫です」と後退りながら去っていく。そりゃそうするよな。

とりあえずここは気づかなかったふりをして通り過ぎよう。

と思ったのに、

「すみません」

城之崎から離れた中年男性は、あろうことか、おれに声をかけてくる。

「え、あ、はい？」

「このあたりに喫茶店があると思うのですが……えっと店名が、リンという」

スマホの画面をおれに見せてきて、仕方なく覗き込む。が、地図を見る前に男性が口にした店の名前で、場所はすぐにわかった。

「わかりますよ。おれの祖母の店なので、案内しましょうか」

「本当ですか？　いいんですか」

「あの店、ややこしいところにあるんで説明しにくいですし」

ふと視線を感じて顔を上げると、城之崎がこちらを見ていた。すぐに目を逸らし、「こっちです」と男性とともに歩きはじめる。目的があってこの駅で降りたが時間に余裕はあるので、店に行ってからでも十分間に合うだろう。

祖母の店は、駅から海に向かう途中の脇道の脇道のそのまた脇道にある。それだけでも十分わかりにくいのに、看板が出ていないので、なんとか店に辿り着いても入り口がわからず迷うひとが多い。にもかかわらず、それなりに繁盛しているのは、祖母の淹れるコーヒーや祖母が作ったデザートがおいしいからだ。

祖母がひとりで趣味としてはじめた席数十七の小さな店だけれど、なかなか忙しく、おれが高校生になってからは土日祝だけバイトとして手伝いに行っている。最近おれが見よう見まねでカフェアートをはじめたら、結構人気になり、ますます忙しくなった。

「なんでわざわざ祖母の店に？　店に来るひとのほとんどが常連なんですが、なにか見て来られたんですか？」

十分ほどの距離だが、無言は居心地(いごこち)が悪いのでなんとなく話しかける。

「オーナーの方とお話ししたいことがありまして。数年前に私の父がお世話になったみたいなんですよ。その店をずっと探してて、最近やっとわかったんです」

「へえ。遠くから？」

「ここから電車で二十分ほどですかね」

男性が指さしたのは、おれの家とは反対方向だった。どうやら都会のほうから来たらしい。わざわざ数年越しにこんなところまでやってくるなんて、祖母はなにをしたのだろうか。

「この時間、お店忙しいですかねえ。ネットで口コミを見ると、結構人気みたいで、ご迷惑にならないですかね」

男性は、おれのような高校生にも丁寧(ていねい)に話をしてくれる。気が弱そうにも見えるが、やさしい感じがした。目が細くて垂(た)れているからそう思うのかもしれない。

「平日のこの時間なら、近所のひとがお喋(しゃべ)りしてるだけなんで、大丈夫だと思いますよ。土日は遠くから足を運んでくれるひともいるんで忙しいですけど」

「それはよかった」

「もしお腹空いてるなら、ナポリタンおすすめですよ。デザートならどら焼きもいいですね」

「ああ、どら焼き！　いいですね！　ぜひ食べたいです」

男性はそう言って細い目をますます細くした。

祖母が作るあんこと生クリームがサンドされたどら焼きは人気商品のひとつだ。小ぶりで食べやすいのもいい。祖母が作りたいものを作る店なので、どら焼きもあればパンケーキも、シュークリームもある。なかなか無節操なメニューが並んでいるが、それが店のいいところだとおれは思っている。メニューも毎日祖母の気分でかわるのだが、どら焼きだけは定番でいつもある。

細い脇道に入って何度か曲がり、男性の目的地である店に到着した。

「いやあ、案内してもらってよかった。ありがとう」

「不親切な店なんですよねえ」

たとえこの場所まで男性が辿り着けても、ドアを開けるのには勇気が必要だっただろう。ドアに小さなプレートがかけられているだけだし、中の様子は庭にある木々や花で外からは見えにくい。祖母が言うには、もう歳だから知ってるひとだけ来てくれたらいいという理由かららしいが。

ドアを引き開けると、「いらっしゃい」と祖母の声が聞こえてきた。

「あら、実。どうしたの」

おれに気づいた祖母が目を丸くする。

「駅前でこの店を探してるひとと会ったから、案内してきた」

おれのあとに続いて店に入ってきた男性を紹介し、「じゃ、それだけだから」とすぐに外に出た。どうせならおれもどら焼きを食べたいが、今はのんびりしている時間はない。

駅前まで戻ろうと足を踏み出すと、「あの」と声がした。

「……なにしてんだよ」

視線を向けると、電信柱の陰に、赤い人物が見えてしまった。声をかけると、赤い人物はびくりと体を震わせてから、そろそろと姿を現す。

なぜ、城之崎がここにいる。

「つけてきたのかよ」

「ヒーローとして、知らない店のことは知っておかなくちゃと思って」

なに言ってんだこいつ。

「だからってつけてくんなよ」

ハーフマスクをつけている城之崎はなにも言わずに俯いた。

なんなんだこいつは。

どっちにしても今は城之崎と話す暇はない。なんでおれのあとをつけて声をかけてきたのかはわからないが、関わってもいいことはない。

「じゃあ、この辺ひとりで探索でもしたら？」

そう言って彼女を通り過ぎようとすると、またもや腕を摑まれた。

「……なに」

「十分待って」

「やだよ。っていうか十分って……まさかお前、ここで着替える気かよ」

「すぐだから。ここで待ってて」

いやいやいや、荷物は。っていうかここ、道ばただけど？

意味がわからなさすぎて呆然としていると、城之崎は再び電信柱の陰に隠れて、手にしていたトートバッグを下ろしごそごそとなにかを取り出した。ああ、今日はコインロッカーに入れず制服を持ち歩いていたのか。って、そうじゃない！

ぐるんっと顔を逸らし、城之崎の着替えが視界に入らないようにする。

まじで道ばたで着替えるのかよ！　こいつに羞恥心ってもんはねえのか！

少しでも動くと城之崎の着替えが見えてしまいそうで、固まったまま十分を過ごしてしまった。お待たせ、と声をかけられて振り返るまで、もしかしたら息も止まっていたかもしれない。

「信じらんねえ……」

制服姿に戻った城之崎に、脱力する。やばすぎるだろこいつ。

赤いアイテムはファスナーで閉まるトートバッグの中に押し込んだらしく、目の前にいるのは、赤い要素はひとつもない、いつもの城之崎だ。

「おれと駅まで戻るつもりかよ」

「迷いそうだし、鈴森くんも駅まで行くんでしょ」

「そうだけど……っていうか城之崎、前も思ったけど学校とちがいすぎるだろ」

自然にとなりに並んだ城之崎に、呆れてしまう。

学校では誰とも話したくないオーラを身に纏（まと）い、自分から声をかけることはない。話しかけられても返事は短くそっけない。だというのに、先日にしろ今日にしろ、なんで外ではおれに話しかけてくるのか。愛想（あいそ）がないのはかわらないが。

「学校はきらいだから。ひとが多いところは、きらい」

あっさりと返事があり、あっそ、としか返せなかった。

「誰かと親しくなるのも、親しいと思われるのも、面倒」

「だからみんなに誤解されるようなことを言ったわけか」

「あれ、は……ごめん」

思いがけず、心から申し訳なさそうな声が返ってきて、驚く。悪いと思ってたのか。ということは、わかっていてあのセリフを口にした、ということだろうか。

なんでそんなことを、と思ったけれど、それを訊くのは自分にとってよくないことになりそうだ、という直感が働いた。

「やけにあっさり謝るんだな。みんなの前でも謝ってくれよ」

「それは無理」

「そーっすか。そう言うと思った」

べつに今さらいいけど。そのうち風化するだろうしな。木内だけが面倒だが、それもほかに面白い噂が広がるまでのことだろう。

「やっぱり、鈴森くんはお人好しだね」

「なにが。道案内したこととか？　城之崎のお人好し認定甘すぎるんじゃねえの」

「それだけじゃないよ。でも、鈴森くんはやさしくしようって思わずとも、やさしくできるひとなんだろうね」

「買い被りすぎだろ。こわいんだけど。城之崎そういうキャラじゃないだろ」

学校での城之崎と、となりにいる城之崎がちがいすぎて戸惑う。

「そんな鈴森くんだから、みんな鈴森くんに頼るのかな」

「おれのどこが頼られてるんだよ」

「さっきのひとも、わたしが声をかけたら断ったのに、鈴森くんには話しかけたじゃない」

城之崎が視線を落として呟く。どこかさびしげな声に、喉が萎んだ。その妙な格好のせいだろ、と頭の中では突っ込んだけれど。

でも、なぜなのか。

城之崎は、本気だ。本気でヒーローになりたいんだ。

自己満足のためだろうか。もしくは、幼い頃の夢を今も必死に追いかけてるだけなのだろうか。助けられないことが当たり前だと、城之崎は知らないのか。諦められないのか。

――『おれも、ヒーローになるんだ！　マコトマンだ！』

目を輝かせていた過去の自分が蘇り、口の中に苦々しさが広がった。

「たまたまだよ、こんなこと滅多にないし。城之崎は知らないかもしれないけど、学校でのおれはほとんどひとりだよ」

「なんで同じクラスなのにわたしが知らないと思ってるの」

思いもよらない言葉が返ってきて、「え」と声を漏らす。

「わたしだって、クラスメイトのことくらい知ってるし」

むすっとした表情に、これは誰だ、と思う。もしかして拗ねているのだろうか。え、なんで。なんでさっきの話で城之崎が拗ねるのか、さっぱりわからないんだけど。いや、なによりも城之崎も拗ねることがあるのか。

「じゃあ……もうちょっとまわりに興味持ってるような態度すれば？」

「それは無理。それに、鈴森くんには言われたくない」

ごもっともだ。返す言葉がない。

おれだってべつに、興味がないわけではない。自分から関わろうとしないだけだ。城之崎に比べれば、颯斗という友人もいるし、クラスメイトと挨拶はする。ときには雑談めいたものも。でも、どんぐりの背比べでしかない。

頭をガシガシとかいて、それ以上城之崎と言葉を交わすことなく、秋空の下を並んで歩いて駅に向かった。どこかから、金木犀の香りがして、なぜか、海のにおいを思い出す。この場所から海まではそこそこ離れているのに。

駅が見えてきて、交差点で足を止めた。

「城之崎、駅に向かうんだろ。おれこっち行くから」

右を指して言うと、城之崎は「わたしもこっちなんだけど」と答える。その言葉に、なんでおれもこっちなのかと不思議に思っているのが伝わってきた。あまり表情は豊かではないけれど、なんとなく感情がわかる程度には声や目元の変化があるようだ。

「もしかしてだけど……城之崎、塾に通ってる？」

「もしかして鈴森くんも？　でも、見かけたことないんだけど」

まじか。

たしか、この駅には塾はひとつしかなかった。

「そりゃそうだ。今日から通うことになったんだよ」

まさか城之崎と同じ塾とは。

なんでこう城之崎との接点ができていくのか。こんなことなら母親が最初にすすめてきた地元の個人塾か、乗り換えする駅のそばにある全国でも有名な予備校にすればよかった。地元は小中学校の同級生がいるかもしれないので避けて、有名なところは生徒が多いのでいやだと断ったのだが、こんなことになるなんて。

ここなら祖母の店が近いので土日のバイトの前に自習室で勉強できそうだし、家から多少距離があるうえに大手ではないので、知り合いはいないはずだと思ったんだけどなあ。

そもそもおれは塾や予備校なんかに通いたくもなかったのだ。大学受験のことを考えればそのうち必要になることはわかっていたけれど、まだはやいだろ、と。

今さら言っても仕方がないし、別の塾を探すのも面倒だし、仕方がない。

諦めて塾を目指すと、ちらほらとひとが増えてくる。制服を着ているのはみんな塾に通う生徒だろう。どこの学校かわからない制服も見かける。城之崎以外の知り合いはいませんように、と願っていると、

「ちょっと悪いけど、離れて歩いてくれる？」

と言って城之崎は数歩前に出た。

おれだって好き好んでお前と歩いているわけじゃねえっつの。城之崎のほうが先に、おれのあとをつけてきて話しかけたんじゃねえか。

と言いたいのをぐっと堪（こら）えて、若干（じゃっかん）歩く速度を落とした。

少し話してわかったことだけど、城之崎ってなかなか自分勝手だよなあ。

相変わらず背筋を伸ばして歩く城之崎のうしろ姿を見つめながら、変なやつ、と呟いた。

おれだって、城之崎と一緒にいるところを誰かに見られるのはまた面倒なことになりそうなのでいやだけれど、城之崎はなんだってあんなに人前ではひとと壁を作っているのか。おれだから、ではなく、誰であっても、同じような気がする。

気にならないわけではないが、訊くつもりはないので考えるのをやめた。

塾は駅から五分ほどのところにある小さな五階建てのビルだった。一階の自動ド

アをくぐり受付で名前を伝えると、事務員らしきおばさんに用紙を手渡された。必要事項を記入し、母親から預かった入会金を渡せばいいらしい。母親が電話で入塾希望を伝えるだけでよかっただけあり、すべてが簡単ではやい。

「高校生は一学年で四クラスに分かれていますから、今日はクラス分けのテストを受けてもらうことになりますね」

「はあい」

母親から話は聞いていたが、テストという単語にテンションが下がる。

事務のおばさんの説明によると、二階と三階が中学生、四階と五階は高校生が使用しているらしい。自習室は一階にあり、使用は自由だと教えられた。

「じゃあ、テストは四階の教室1で受けてもらいますから、先に移動してもらえるかしら」

わかりました、と頭を下げてそばにあるエレベーターの前に向かう。ちなみに城之崎はなにも言わずにさっさとビルに入りどこかに行ったため、姿はない。

エレベーターが降りてきて、ドアが開く。中に乗り込んで閉のボタンを押した。が、閉まる直前でドアが止まり、再び開く。

「すみません」

息を切らせてやってきた私服姿の男子生徒がドアの隙間からするりと中に入って

きた。その人物を見て、息が、止まる。相手もおれと同じように体を硬直させた。

「ま、実？」

名前を呼ばれ、心臓がぎゅうっと捻（ひね）り潰（つぶ）されるような苦しさが広がる。

「あつ、篤哉（あつや）」

おれの発した声は、ちゃんと声になっていたのだろうか。

ただ、最悪だ、と思った。

こんなところで、数年ぶりにかつての友人と顔を合わせることになるなんて。もう二度と、会うはずがないと思っていた。おれは会いたくなかったし、それは篤哉も同じのはずだ。なのになんで。

城之崎との関わりに、篤哉との再会。なんでこんなことになっているんだ。

「ひさびさ、だな」

「……ああ」

ドアが閉まると、気まずそうな笑（え）みを顔に貼（は）り付けた篤哉がおれに話しかけてくる。エレベーターにふたりきりだから気を遣（つか）ったのだろう。篤哉はそういうやつだ。おれとなんか話したくないにちがいないのに。

「まさか実がこの塾にいるとは思わなかったな」

はは、と目尻（めじり）を下げて篤哉が笑う。

昔はおれよりも身長が低かった篤哉は、会わないあいだにかなり背が高くなっていて、１８０センチ近くありそうだった。ただ、ひょろひょろなのはかわらずで、体が薄い。短く刈り上げられた髪型のおかげか、昔ほど弱々しくは見えないが、ちゃんとご飯を食べているのか心配になるレベルだ。

昔もおれは同じようなことを思っていて、よく篤哉にお菓子を渡していたことを思い出す。

「クラスがちがうから会わなかったのかな」

「いや、今日はじめて来た。今からクラス分けのテスト受けるところ」

そっかあ、と篤哉は視線を泳がせてから黙った。

「安心しろよ、おれの学力じゃ篤哉のクラスにはならないだろうから」

篤哉の通っている高校は、中高一貫のなかなかの進学校だ。おれの通う高校とは偏差値がいくつもちがう。同じクラスのはずがない。

「いや、そういうわけじゃ……」

おれの言葉に篤哉は慌（あわ）てて否定するが、言い終わる前にエレベーターが目的階に着いて止まった。

「じゃあな」

五階に向かう篤哉を残し、挨拶だけしてさっさと降りる。振り向きもせずに、事務のおばさんに言われた教室に向かった。

ああもう、最悪だ。

声に出さずに呟き、奥歯を嚙んだ。

+――――+

城之崎のヒーロー活動を目撃してから、とことんついていない。知りたくもない城之崎の秘密を知ってしまったがために関係ができてしまったし、城之崎と噂になってしまったし、あげくおれが振られたようにまわりからは思われた。

それに加えて城之崎と同じ塾に通うことになり、そこに偶然篤哉もいた。

不幸中の幸いだったのは、塾で城之崎や篤哉と同じクラスにならなかったことだ。

でもやっぱり、できればなんの接点もない他人のままでいたかった。

塾を目指しおれの数メートル先を歩いている城之崎の姿を見て思う。

今日も大きなトートバッグを持っていて、あの中に赤いジャージやらマントやらが入っているのだろう。

塾は毎週月水金の三日間だ。授業が終わってからすぐに塾に向かうと、一時間から二時間の余裕がある。どうやら城之崎はその隙間時間もヒーロー活動をしているらしい。

この二週間の城之崎の行動——授業が終わればすぐに帰るのに、塾にやってくるのは授業の少し前であることと、いつも大きな荷物を持っていること——からそう判断した。身バレ防止のためか、活動する駅は決めていないようだ。今日は学校とは反対方向の電車から降りてきた城之崎と、駅で会った。もちろん、目を合わせただけで話はしていない。

それほどひとに知られたくないくせに、ヒーロー活動を熱心に励む。毎日、わずかな時間であっても、どこかで誰かに手を差し伸べる。

なんでそんなに必死になっているのか、不思議でならない。

城之崎はかなりかわったやつだということは理解したので、それ以上のことをわかろうとしたって無理だ。ま、せいぜい頑張れ。

篤哉のこともかなり気が重かったが、あれから一度も顔を合わせていない。真面目なあいつはおそらく、はやく来て授業が終わってからも自習室で勉強をしているのだろう。

塾に行くときの憂鬱な気持ちはゼロにはならないが、勉強する場所なので同じクラスの生徒であっても必要最低限の関わりをすればいいし、そのうち慣れるはずだ。

くあ、とあくびをして、さっきとかわらない距離にいる城之崎の背中を見る。

そこで、ふと城之崎のトートバッグから赤いなにかが飛び出ているのに気がついた。ファスナーをちゃんと閉めていなかったようで、ぴろぴろと赤いなにか——見た感じ、ジャージの袖部分だろうか——が城之崎の動きに合わせて揺れている。

これ、まずいのでは。

城之崎はこの駅でもヒーロー活動をしていたので、見るひとが見たら、あれがヒーローの衣装だとわかるかもしれない。

いや、おれが城之崎の秘密を知っているからそう思うだけかもしれない。

気にしすぎだ、と自分に言い聞かせて目を逸らすけれど、どうにも気になってちらちらと見てしまう。

このまま塾に行って、万が一誰かが気づいたら。もしくはなにかの拍子にあのジャージを落としてしまったら。最悪、あの衣装一式を誰かに見られる可能性も、ないとは言い切れない。

「……いや、おれには関係ないし」

城之崎の正体がバレようと、どうでもいいことだ。

そう思うのに、ハラハラする。

脳裏に、二週間前、教室で秘密がバレたかもしれない、と震えて歯を食いしばっていた城之崎の顔が浮かんだ。

ああ、もう！

ぎゅっと瞼を閉じてから、意を決し、足を大きく踏み出した。

「城之崎」

呼びかけると同時に、肩を摑む。

驚いたように目を見開いて振り返った城之崎は、一拍あけてからそっとまわりを見て「なに」と小さな声を発した。

「あんまり、話しかけないでほしいんだけど」

セリフだけを聞けばなんだこいつ、という感じだけれど、城之崎の表情はこわばっていてなにかを恐れているように見える。

「ジャージ、見えてる」

手を放してトートバッグに視線を向けてやると、城之崎はきょとんとしてからおれの言った意味を理解し、慌ててトートバッグを抱きしめるように引き寄せた。すぐにジャージを中に押し込んで、ファスナーをきっちり閉める。それを確認して

「それだけ」と城之崎の横を通り過ぎる。

「ありがと」

背後から、城之崎の声が聞こえた。

「隠したいならもっと気をつけろよ」

ついでにおれに話しかけられたくなければ。

振り返って言うと、城之崎は素直にこくりと頷いた。話が通じたことにほっとする。

とりあえずさっさと城之崎から離れよう。

心なし速度を上げて歩きだすと、ちょうど塾のビルの近くから笑い声が聞こえてきた。塾にやってきた生徒たちが友だちとはしゃいでいるのだろう。

けれど、かすかに、誰かが「友だちだろ」と言っているのが耳に届き、体が小さく跳(は)ねる。

――『友だちだろ』

おれの最もきらいな、呪(のろ)いの言葉だ。

足が動かなくなる。笑い声はまだ、聞こえている。

このまま素通りしたほうがいい。なにも聞かなかったことにして、さっさとビルの中に入ったほうがいい。そう思っているのに、体が引き寄せられる。

声は、ビルの裏側からする。入り口を通り過ぎてビルとビルのあいだにある道に入ると、声はさっきよりも大きくなった。幅は一メートル以上ある決して狭くはない道だけれど、日当たりが悪いのか薄暗く肌寒い。土と石がまじったような地面には雑草が生えていて、大きめの石もごろごろと転がっている。雨が降ったわけでもないのに湿っているような感覚が足裏に伝わってくる。人気がないのは、この陰気な雰囲気のせいだろう。

足を進めるたびに、声が大きくなってきた。近づくと、笑い声に嘲りが含まれているのを感じる。そして、誰かのうめくような声も。

「ちょっと貸してほしいって言ってるだけだろ」

「で、でも。ぼくも家で使うから」

「頭いいから教科書なんか全部覚えてるだろー?」

ちょうどビルの裏側に、四人の男子生徒が見えた。ひとりは背が高いが、ほかの三人はそれほどではないので、おそらく中学生だろう。三人は、ひとりの男子生徒を囲むように立っていた。

なんて、わかりやすいいじめの光景だ。

「今日中に返してくれるなら……いいけど」

「そんなの無理に決まってんだろ。今から塾なんだから」

「一日くらい宿題しなくってもお前は大丈夫だろ」

どうやら教科書を貸してもらおうとしているようだ。学校に置いてきてしまったのだろうか。それともただの嫌がらせなのか。

言い返しているところを見ると、それほどひどい関係ではないかもしれない。もちろん、おれの希望も含まれている。できれば、そうであってほしい。

「友だちが困ってたら助けるのが友だちだろ」

ニヤニヤしながら背の高い少年が言う。

ああいうセリフを口にするやつにろくなやつはいない。

「でも、今日返してもらった本だって……濡れてたし」

「お風呂で読んでて落としちゃっただけじゃん。謝っただろ。それに、さっきも言ったけどあんな気持ちの悪い本、読まないほうがいいぞ」

「モテない男が異世界転生してチート能力手に入れて、なんかわかんないけどかわいー女の子たちにモテはじめる話だっけ」

ぶははは、と三人の男子が笑った。真ん中の少年は恥ずかしそうに俯く。

ライトノベルのことを言っているんだろう。どうせあの三人は借りた(もしくは強引に奪い取った)本を読んでいないにちがいない。

馬鹿馬鹿しい。

なにが楽しくて笑っているのか。

今すぐ止めに行くべきだ。

頭の中では冷静に考えることができる。なのに、どうしても体が動かない。

――でも、止めたところでどうなる。

赤の他人に注意されただけで嫌がらせがなくなるのなら、この世にいじめなんてものは存在しない。そもそも、ああいうことをするやつは、嫌がらせをしてやろうと思ってやっている。自分たちがなにをしているのか、ちゃんと自覚しているのだ。自分たちが相手のいやがる姿を見て、楽しいと感じていることも。

そんな人間に、なにができるというのか。

出ていけない自分を正当化するように何度も心で叫ぶ。

けれど、立ち去ることもできない。

なにもできない自分は、弱虫で自分勝手で、でもどちらにも振り切れない中途半端な偽善者(ぎぜんしゃ)だ。

今ここにいるのが〝マコトマン〟であればどうしただろうか。

あの頃のおれが今のおれを見たら、なんて思うだろうか。

「なにしてるの」

突っ立っているおれの横から凛(りん)とした声が響き、思考がパチンと弾(はじ)けたような衝撃に襲われる。顔を向けると、そこには堂々とした姿の城之崎が立っていた。

「……城之崎」

「こんなところでなにしてるの」

おれの呼びかけを無視して、城之崎は四人の男子生徒に近づいていく。

「友だちと遊んでただけですけどー」

「だったらこんな場所でこそこそしないで、人目のある場所で遊びなさいよ。隠れているのは自分たちがしている行為が、ひとに非難されるものだってわかってるからでしょう?」

正論をぶつけられた少年たちは、顔を顰めて舌打ちをする。小さな声で「なんだこいつ」「かっこ悪いと思ってるから隠れてるんでしょう」

「うるさいなあ……どこでなにしようがべつに勝手だろ」

「他人を巻き添えにして勝手するのは、ただのいじめよ」

城之崎の〝いじめ〟の言葉に、三人の男子はより一層顔を顰めた。おそらく、いじめをしている自覚はあまりなかったようだ。嫌がらせをしていた、くらいの認識だったのかもしれない。本人がどう思っていようが、相手やまわりがいじめだと思えば、いじめになるのだけれども、そこまで客観的に物事を考えることができないんだろう。

三人は「だる」と舌打ちをして、壁側に立っていた少年から離れた。

とりあえずこの場をおさめることができたのならなによりだ。三人が立ち去ったとしても今後がどうなるか、という問題はあるが、今は嫌がらせをされていた少年のほうが大事だから。

って、なにもしていないおれが思うのもおかしいんだけど。

前に出たのは城之崎だ。なにもできなかった情けないおれが、なにをえらそうに。

思わず自嘲気味に笑い、とりあえず三人が去っていくのを見守る。

「ちょっと待ちなさい」

けれどそれを引き止めたのは、城之崎だった。

三人の前に立ち塞がり、「このまま有耶無耶にする気?」と彼らの目をまっすぐに見つめる。学校でよく見る、融通の利かない城之崎の姿だ。つまり城之崎は、このまま終わらせるつもりはないのだろう。なんらかの、はっきりとした謝罪や反省を求めているにちがいない。

「おい、城之崎」

「ちゃんと謝りなさい。悪いと思ったから立ち去ろうとしたんでしょう。だったら、彼に言うことがあるんじゃないの？」

「城之崎」

さっきと同じ位置から城之崎に呼びかける。けれど城之崎は聞こえないかのように、彼らに向き合い話し続けていた。

城之崎は正しい。

彼女の言っていることはなにひとつとして間違っていない。

悪と戦おうとする城之崎の言動は、正義と呼ぶにふさわしい。

でも。

「なんなの、こいつ。きも」

「わたしの言ってること理解できないの？」

「まじでやばいやつなんじゃないの？」

「ちょっと、どこ行くの」

城之崎に冷めた視線を向けた三人は、城之崎の言葉を無視して横を通り過ぎようとする。それを、城之崎は行く手を阻み引き止める。

「うっせーな、どけよ」

それほど強い力ではなかった。

でも、相手は中学生とはいえ背の高い男子で、城之崎はいたって平均的な体格の女子だ。城之崎を押し除けようと手で払うと、それが肩にあたり、その衝撃で、城之崎はバランスを崩して背後に倒れていく。

「城之崎！」

　さっきまで地面に足が貼り付いたかのように動かなかったのに、即座に地面を蹴って城之崎に手を伸ばす。

　どすっと、城之崎の体重が体にのしかかる。その重みで、間に合ったことがわかり、安堵の息が漏れた。間一髪のところで、城之崎が尻餅をつくことは避けられたようだ。

　背の高い男子は、城之崎が倒れるとは思っていなかったのか驚いた顔をしている。

「もういいから、中に入りな」

　目を逸らし、そっけなく言い放つ。

　おれの言葉に一番に反応したのは城之崎だった。目を見開いて、おれの腕を摑む。

「鈴森くん……！」

「でも、この人に大怪我させたかもしれないってことは、覚えておけよ。壁もあって、地面には大きな石もある。こんなところで転んだら、運が悪ければどうなるかくらいの想像力はあるだろ？」

城之崎を無視して三人に話し続ける。おれの言葉に、地面を見た三人が体をこわばらせた。

「軽い気持ちでやったことが、相手はもちろん、自分にとっても、一生残る傷になるかもしれないってことだよ」

こういうやつらは、言われるまで気づかない。言われたところで理解できない。とりかえしのつかない状況になるまで、考えることができない。自分で考えることができないから、なんの言葉も響かない。

同じ人間なのに、どうしてわからないのか不思議でならない。

バツが悪そうに黙っている三人に、顎で道を指す。彼らは一瞬顔を見合わせてから、青白い顔でそそくさと立ち去った。

残ったのは、おれと城之崎、そしていじめられていた少年ひとりだ。

「きみも、授業があるんだろ」

「え、あ、はい」

「これでなにかがかわるかはわかんないけど、まあ……なにかあったらおれにでも会いにきたらいいよ。この塾にいるから」

話しながらちらりと城之崎に視線を向けると、怒りを込めた鋭い目をおれに向けていた。気づかないふりをして再び少年を見る。

少年はぺこりと頭を下げて、そして城之崎には当然おれよりも深々と頭を下げて、ゆっくりと去っていく。

「なんで」

少年を見送りふーっと息を吐き出すと、城之崎が声を絞り出す。そうとう怒っているのがわかる。

「なんで、あのまま帰らせたの」

「帰ってないだろ。塾に出てるだろ」

「そういうことじゃない」

わかってるよ、と心の中でだけ返事をする。城之崎はぐいとおれの体を押して一歩下がった。

「あのままで終わらせるなんて、だめでしょ。なに考えてんの」

「城之崎こそ、なに考えてんだよ。あんなの火に油を注ぐだけだろ。あんなやつらに正論ぶちかましたって伝わるわけないんだから」

「でも、悪いのはあっちでしょ。悪いことしたら謝らないといけないじゃない。謝りもせずに終わらせるなんて。あの子はまた同じ目に遭うかもしれないのに。あの子を守らないといけないのに」

城之崎の声を聞きながら、ずっとこの場所にいるせいか体が冷えてきたな、とどうでもいいことを思った。表通りから車のエンジン音が聞こえてくる。さっきまでなにも聞こえなかったのに。

「聞いてるの？」

「聞いてるよ」

城之崎に睨まれて、渋々答える。

「相手が謝れば城之崎はそれでいいのか？　悪いと思ってなくても反省しているように謝ることができるやつはいる。そういうやつはただこの場をおさめようとしてるだけだと思うけどな」

「そんなことない」

「おめでたすぎるだろ、その思考。あいつらだって城之崎に怪我をさせたら大事になるのに気づいただけで、今も悪いことしたなんて思ってねえよ」

「なんでそんなことわかるの」

わかるよ。

悪いことしたと思えるやつは、そもそもいじめなんかしないんだよ。悪いことを楽しんでいるから、いじめるんだ。そいつらにとっての〝悪いこと〟はおれたちの思う〝悪いこと〟ではなく〝ちょっとしたいたずら〟程度の認識なのだ。

けれど、それなりに悪いことだとは理解している。

悪いことだから、楽しいのだ。だめなことほど、面白いのだ。

そもそもが、ちがうんだ。

だから、どれだけ悪いことだと訴えたって、わかりあえない。真っ黒に塗りつぶされたキャンバスを、水彩絵の具で白く染めようとするくらい、無意味なことだ。

でもある意味、城之崎はどんな色も弾く白いビニールだ。

「あの子はこれからもあんな目に遭うかもしれないんだよ」

「そんな言って戦い続けてたら、いつか相手に逆上されて、さっきみたいなことになって、大怪我するかもしれないぞ」

「かまわない」

迷いなく答える城之崎は、相手が刃物を持っていても立ち向かっていくような意志の強さがあった。

馬鹿馬鹿しいにもほどがある。

これ以上話をしていても堂々巡り（どうどうめぐ）りになるだろう。

おれと城之崎は、ちがう。正義を信じる城之崎と、不滅の悪を、正義なんかよりも強力な悪意を確信しているおれは、わかりあうことがない。時間の無駄だ。

「好きにしろ」

そう言い捨てて立ち去ろうとすると、城之崎がおれの服を摑んだ。城之崎は引き止めるとき、声をかけずに服を握りしめる。

「なんで、そんなこと言うの。あの子を守りたくないの？」

「おれは、逆になんで城之崎がそんなこと言うのかわかんねえな」

「わたしは、鈴森くんが足を止めてここに来るまで、気づかなかった。鈴森くんだってここに来たのは、正義のためじゃないの？」

だとしても、声をかけたのは城之崎だった。つまり、そういうことだ。おれは正義のためなんかで行動しているわけではない。城之崎はおれをそうとう誤解している。たしかにおばあさんを助けたり、おじさんに道案内をしたりはしたが。そんな些細な行動でおれが善人だと思えるのは、城之崎の頭の中がお花畑だからだ。

この世には、常識とか、罪悪感とか、善悪がまったく理解できないやつもいるというのに、そのことを、城之崎は知らない。

眉間に皺を寄せておれを睨む城之崎を見ていると、ふつふつと怒りが込み上げてくる。

「おれは、正義を背負って戦うよりも自分のほうが大事なんだよ、悪いけど」

そのことを、おれは誰よりも知っている。

痛みを味わいたくないから、目を逸らした。

苦しみたくないから、背を向けた。

戦うことを、諦めた。

おれは、そういう人間なんだ。

「おれは城之崎とちがって、自分を犠牲にはできないんだよ」

「怪我をしたとしても、たとえ傷だらけになったとしても、死んだとしても、誰かに手を差し伸べられるなら、わたしはそれを犠牲だとは思わない」

「一度殺されかけたくせに、よくそんな思考ができるよな」

は、と鼻で笑って言う。

その直後に、自分の発言に気づいて弾かれたように顔を上げた。

城之崎は、目を見開いて固まっていた。

——実の母親に殺されかけた。

そのことを思い出しておれは口にした。

そして城之崎も、おれの言った意味に気づいた。

謝らなければ、と思うのに声が出ない。

城之崎はじわじわと眉間の皺を深くして、さっきよりも鋭い、けれどとても傷ついた瞳(ひとみ)をおれに向ける。

「それでもわたしは、諦めない」

決意が込められた声だった。そうしなければいけないと、自分を奮い立たせているようにも思えるそのまっすぐさに、視界が一瞬揺らぐ。

羨ましい。

そう思った自分に、苛立ちを感じた。

+――――+

忙しいのは助かる。余計なことを考えなくてもすむから。

「カプチーノお待たせしました」

窓際の席に座るふたり組のおばさんに声をかけて、テーブルにカップを並べる。

昼から午後七時までの祖母の店は、平日ならば住宅街ということもあってのんびりとしているが、休日はずっと忙しい。そして今日はいつもよりも客の入れ替わりが激しく、落ち着くタイミングがない。天気がいいからだろうか。

料理に手一杯の祖母のかわりに、おれがマシンで飲み物を準備したり運んだりとホールを動き回る。コーヒーだけは祖母がハンドドリップで淹れているが。マシンではだめらしく、おれも祖母のようには淹れられないためだ。

「注文があった分は全部出せたと思う」

カウンターの中に入り祖母に伝えると、

「じゃあ、今のうちに休憩していいよ」

と言って、どら焼きふたつを手渡された。

バイトは昼から閉店後の片付けまでなので、夕方になると休憩をもらえる。祖母のおいしいデザートがタダで食べられるので、なかなかいいバイトだよな、といつも思う。たまに余ったものを持ち帰ることもできるし。

どら焼きのお供に、練習がてら自分の分のコーヒーを淹れる。適量の豆をコーヒーミルに入れて、ごりごりとハンドルを回していると、昨日の城之崎の表情が脳裏に浮かんで口の中が苦くなる。こういう時間は、余計なことを考えてしまう。そういうときに淹れるコーヒーは、いつも以上にうまく淹れられない。

あのあと、城之崎とは一度も顔を合わせなかった。塾のクラスがちがうので当たり前なのだけれど、帰るときにさりげなく探したものの、城之崎の姿は見つけられなかった。かといって、会ってなにか言いたかったわけでもない。完全に失言だったので謝らなければいけない、とは思っているが、なんだかそれもどうなんだろうと思う。

悪いことをしたら謝るべきだと城之崎は言っていた。けれど、謝ることで余計傷つけてしまう気がする。それにおれが謝ったら、城之崎は許さなくてはいけない状況になるのではないだろうか。

悪いことをしたのは自覚している。でも、許してほしいわけではない。

じゃあどうしたいんだよ、と自分に突っ込んで、コーヒーフィルターにひいた豆を入れた。ふわりと、コーヒーのほろ苦い香りが鼻腔をくすぐる。

「あ、そういえば実」

コーヒーポットを手にしてゆっくりとお湯を注いでいると、祖母がなにかを思い出したように呼びかけてくる。んー、と顔を上げずに返事をすると、祖母の続きの言葉をかき消すかのようなタイミングで入り口のドアがキイッと摩擦音を鳴らした。建て付けが悪いのか、金具の油が足りていないのか。けれど、それが来客の合図になっている。

「いらっしゃいま――」

カウンターから顔を出すと、そこには、城之崎がいた。

「ひとりですけど、空いてますか？」

おれと目を合わせた城之崎は平然とした態度で言う。おそらく、ここにおれがいるのをわかったうえでこの店にやってきたのだろう。前におじさんを案内したときにあとをつけてきたけれど、どうやら会話も聞いていたようだ。

「いける、けど……」

ちょうどカウンターのすみが三席並びで空いている。おれが休憩をしようとしていた場所だ。

「鈴森くんは、その、何時までここにいるの？」

「え？　おれは……閉店までいるけど」

「閉店って何時？」

「七時だけど、もしかしてそれまで居座るつもりか？」

今はまだ四時半過ぎだ。おれが終わるまで待って、なにをするつもりなんだ。昨日のことでかなり怒っている、ということなのかもしれない。それはわかるけれど。

「七時……か。それは、難しいな。門限に間に合わないな……」

口元に手を当てて城之崎が困ったように眉を下げた。城之崎は門限があるんだ、と思い、何時か知らないけど間に合わないって、門限はやすぎないか？　と思う。

今、客はみんなのんびり話をしているので、当分注文はないだろう。今のうちに空いているグラスにだけ水を入れておけば、ゆっくりできるにちがいない。

「ばあちゃん」

振り返り祖母に呼びかけると、祖母は「彼女?」とニヤニヤした顔でおれを見ていた。

「クラスメイトだよ」

「なんだ。つまんないの。まあいいよ、あたしも接客くらいできるんだから、気にせずゆっくりしなさい」

「さんきゅ」

祖母がどら焼きの準備をはじめる。城之崎のために作ろうとしているのだろう。

「今なら時間あるから、カウンターの空いてる席座ってて。あと、どら焼きでいいか? ばあちゃんがもう準備してるから食ってやって。飲み物は?」

「え、あ、ありがとう。えっと、じゃあ、紅茶で」

「わかった」

城之崎に席をすすめて、紅茶の準備をする。

怒っている感じはなかった。では、なにをしに来たのだろうか。店の中で話すことにも抵抗を示さなかったし、たいしたことではないのかもしれない。おれと城之崎のあいだに、たいしたことではない話って、なんかあるっけ?

首を傾(かし)げながら、ふたり分のどら焼きとコーヒーと紅茶をトイレに載せて、城之崎の座る席に運ぶ。一度置いてから、各テーブルのグラスに水を注(つ)ぎにまわった。

「先食べてよかったのに」

カウンターに戻り、城之崎のとなりに腰を下ろす。城之崎は祖母のどら焼きにまだ手をつけていなかった。もしかしてあんこが苦手だったのだろうかと思ったけれど、「なんとなく」と言ってすぐに手にしてパクりと頬張る。その瞬間、城之崎の頬が緩んだのがわかった。

「……おいしい」

「この店の人気メニューだからな」

城之崎はぱくぱくと、あっという間にひとつを食べた。二個セットの小ぶりのどら焼きとはいえ、思った以上にはやい。そうとう甘いものが好きなのか、空腹だったのか。どちらにしても祖母の作ったものを喜んでもらえるのはうれしい。

このどら焼きを食べて、おいしそうな顔をしなかったひとはいない。

おれも手に取って、ぱくっと食べる。やさしいあんこの甘さと、なめらかな生クリームが口の中で溶けていく。卵多めの皮もふわふわでちょうどいい。何度も食べているのにまったく飽きない味だ。

「紅茶もおいしい。鈴森くんが淹れたの？　そのコーヒーも？」

「まあな。この店で出せるようになれって言われて練習してるから、そのついで。ま、練習してもおれには無理だと思うけど」

正直コーヒーの味の良し悪しがおれにはわからない。豆のちがいは多少わかるけれど、淹れ方による味の差はさっぱりだ。祖母にはいつもダメ出しされていて、本当に味にちがいがあんのかよ、と常連のおじいさんにも飲んでもらったことがあるけれど、「実くんはまだまだだ」と言われた。

どうすればうまく淹れられるのかまったく見当つかないし、味のちがいすら理解できないおれには、この先どれだけ練習しても、祖母の求めるようなコーヒーを淹れることはできないのだろう。

「で、話があるんだろ？」

自分で淹れた自分ではそれなりにおいしいコーヒーを一口飲んで、話を切り出した。城之崎から話しはじめるまで待とうと思っていたが、なにやら言いにくそうにしていたので。

城之崎は体を一瞬こわばらせてから、ゆっくりと顔を上げておれと視線を合わせた。

「誤解を、解こうと思って」

「……誤解？」

首を傾げると、城之崎は「そう、誤解なの」と繰り返した。昨日のおれの失言についての話なのはわかる。でも、なにが誤解なのかわからない。

「鈴森くんが謝りに来たらいやだなと思って。その謝罪が誤解からのものなら、それは受け取りたくないから」

紅茶の入ったマグカップを両手で包み込むように持つ城之崎は、親指で縁をなぞった。

黙って城之崎が続きを話しはじめるのをしばらく待っていると、すうっと息を吸い込んだ城之崎が、にこりとおれに微笑んだ。

今まで、一度も笑うことのなかった城之崎が、笑った。

偶然にも城之崎と関わる機会が増えて、学校での姿がすべてじゃないことはわかっていた。実際の城之崎は思っていた以上にかわっていたし、学校では必要最低限のことしか話さないが意外と喋るし反応もはやい。無表情がほとんどだけれど、怒ったり不安を感じたり、焦ったりもする。

でも、それでも、城之崎は一度も口の端を引き上げることすらしなかった。

「あれはただの、事故」

にこやかな表情で、城之崎は言った。

城之崎の言う〝あれ〟とは、七年前の〝城之崎が殺されかけた〟ことだろう。

「わたしの母親はたしかに、いい母親とは言えなかったかもしれない。でも、ちゃんとわたしを愛してくれてた」

穏やかな表情で話す城之崎とは対照的に、おれは呆然とする。

「一緒に暮らしているときは、おいしいケーキを買ってきてくれた」

母親と暮らしていたのは、七年以上前だ。

七年前に城之崎は海で溺れ、そしてこの町に引っ越してきた。それ以降、母親は一度もこの町に来ていないと噂で聞いた。育児放棄、というらしい。城之崎の祖父母がそう語っていたのを聞いたと何人ものひとが言っていた。知りたくなくてもそういう話は勝手に耳に入ってくる。

「家にいるときはよく絵本も読んでくれたし、大好きだって何度も言ってくれた」

家にいるとき、とわざわざ言うのは、家にいないときがあったからなのでは。

「やさしいお母さんだったの。みんなが思うようなひとじゃないの」

テーブルの上にある手を、思わずぐっと握りしめる。

微笑んでいる城之崎を見ていられなくて目を逸らした。

「あの事故も、わたしがうっかり、溺れただけ。お母さんが見ていないときに勝手に海に入っていってしまっただけ」

――ちがうだろ。

そう叫びたくなるのを必死に耐えた。

「あのときお母さんが、ひとりのかわいそうな少女が、水面に映る月の世界を海の中で見つけた話をしてくれたの。お母さんも、昔それを見たことがあるんだって。すごく素敵な世界だったんだって」

懐かしむように目を細めて城之崎が語る。

母親はよく寝る前にその話を城之崎にしていたらしい。月を求めた先で、太陽よりも眩しい光に包まれた主人公は、新しい世界で新しく生きることができた、という話だそうだ。

「わたしも見たくなって、つい、同じことをしてみたくなったの」

海の先になにかがあると、城之崎は本気で思っていたのだろうか。

城之崎の指先がかすかに震える理由は、なんなのか。

「みんなが噂しているような事実はない。ただのわたしの不注意。じゃなかったら、お母さんは捕まっているはずでしょ？」

たしかに、あの出来事は、警察が介入するほどの大きな事件になった。

小学四年生の女子――城之崎が、海で溺れて死にかけたのだ。

――おれは、それを見ていた。

七年前の夏の終わりだった。

篤哉と言葉を交わさなくなってから一度も身につけなかったマントを羽織って、海に出かけた日だった。

堤防から続く石積みの波止場の上から、おれは、城之崎が溺れる様子を見ていた。

その後、警察がやってきて城之崎は助けられた。すぐに救急車もやってきた。そばには城之崎の母親がいたけれど、城之崎の言うように母親が罪に問われることはなかった。たまたま目を離したすきに城之崎が海に入って溺れた事故、で処理されたからだと、あとから聞いた。

でも、おれはそれはちがうと知っている。

だって、おれは城之崎と母親の一部始終を見ていたのだ。

城之崎が海に進んでいくのを、母親は砂浜からしっかりと見つめていた。

「お母さん、泣くほど心配してくれてたし」

心配は、〝してくれる〟ようなものではない。

なによりその涙は、自分が罪に問われることを恐れてのものなんじゃないかと、今のおれは思う。

「だから、噂は、嘘なの。誤解なの」

はっきりと口にする城之崎は、どの程度本気でそう思っているのか。当の本人がそう言い切れるのはどういう心情なのか。おそるおそる顔を上げて再び城之崎を見ると、やっぱり城之崎は笑っていた。

「噂なんて、そんなものでしょ。特にこの町では」

「……そう、かもしれないな」

今すぐ音楽を聴きたい。

デスメタルの叫びで頭の中を満たしてしまいたい。

奥歯を嚙みしめて絞り出すように声を発すると、城之崎は満足そうに頷いた。

「まわりがどう見てるのかは知らないけど、わたしは、わたしの目に見える世界を信じている」

城之崎は、世界を愛しているのだろう。愛する世界が見えているのだろう。

はじめて見る城之崎の幸せそうな表情は、おれの胸を締め付ける。

この痛みの名前は、同情なのか、それとも、嫉妬なのか。

どちらにしても最悪だ。

「だから、鈴森くんの言ったあのセリフは、間違いなの」

「そうか。……でも、いや、じゃあなおさら、悪かったな」

コーヒーを飲んで心を落ち着かせてからそう口にすると、いつも以上に苦い味が口の中いっぱいに広がって、眉間に皺を寄せてしまった。

「その謝罪なら、受け取る」

満足したのか、城之崎はこくんと頷き、さっきまで浮かべていた笑みを消した。

いつもの、おれが知っている城之崎だ。

「鈴森くんが心配してくれているのはわかっているし、実際昨日は助けてもらったから、それも感謝してる。けど、でも、わたしはやっぱり、諦めないよ」

一瞬話についていけずに「へ」と間抜けな声を発してから、昨日の話の続きだとわかって、「ああ……まあ、好きにしたら?」と思った以上に冷たい言葉が出た。

「自己犠牲を正当化するわけじゃないけど、でも、わたしはやっぱり自分が傷ついても立ち向かっていこうと思う。わたしは、苦しんでるひとを助けたいから」

「すげえな。せいぜい頑張れ」

どうでもいいや、もう。

過去の件まで都合のいいように解釈している城之崎には、なにを言っても伝わらないだろう。

ただ、おれが勝手にもどかしく思って、イライラするだけだ。

おれのそっけない返事に、城之崎は「うん」とはっきり口にしてから残っていたどら焼きを三口ほどで食べて、紅茶をぐいっと一気に飲み干した。

「わたしの行動はなんの意味もなくて、鈴森くんの言うように自分が傷つくこともあるかもしれない。でも、それでも、なにもしないことと一緒じゃないと、わたしは思う」

そりゃそうだけど。

頬杖をついて「ふうん」と短く返す。

「空気を摑むことと、誰かの手を摑むことは、同じじゃないでしょ」

「どっちにしても結果は同じかもしれないけどな」

「誰かを摑めた、っていう事実のほうが、結果よりも大事だとわたしは思ってる」

なるほど。

そういう考えで言うなら——やっぱりおれはなるべくして今のおれになったんだな、と思う。おれは、ふたりの手を見て見ぬふりをした人間だから。

城之崎はこれからも、ダサい格好で誰かを助けようとし続けるんだろう。自分が傷だらけになっても、どんな悪にも臆することなく、戦おうと立ち向かうのではないだろうか。

それができる、そうすることに意味がある、そんな世界が城之崎の目には映っているようだ。

「わたしは、鈴森くんも同じだと思ってるけど」

城之崎のセリフに、おれはなにも答えなかった。

おれはなにも摑めなかった。

いや、摑もうとも思わなかった。

——城之崎が羨ましい。

前にも思った感情が胸に広がる。けれど、今日はそのことに苛立ちは感じなかった。そのかわり、とてつもない虚(むな)しさに襲われる。

おれが羨ましいと思うのは、迷いなく正義を信じられる城之崎の意志の強さに、ではない。城之崎の目にこの世界が美しく映っているだろうことに、だ。

城之崎にとって、世界はきっと善が溢(あふ)れた素晴らしいものなのだろう。

そんな世界にいられることが、羨ましい。

おれにはもう二度と、その景色を見ることも感じることもできない。

おれの目に映る世界は、濁っているから。

そして、おれはこのくすんだ世界のごく一部でしかないちっぽけな存在だから。

おれは、そういうやつだ。城之崎とは、ちがう。

+——+

ずっと、爆音で曲を聴き続けている。

登下校中はもちろん、学校の休み時間もずっと。とにかく聴いていないと落ち着かない。しゃがれた誰かの叫び声を聴いていると、言葉にできない感情が幾分かマシになるような気がする。同時に、耳を音楽で塞いでいないといろんなものが入ってきてしまうような恐怖に襲われてもいる。

なんでそんなふうに思うのか、自分で自分がわからない。

そんなもどかしさに腹立たしくなってきて、また音楽を聴く。

「中毒みてえだな」

独り言ちて塾に向かいながらのそのそ歩いていると、目の前にひとりの少年がやってきた。なんだこいつ、と眉根を寄せると、少年の口が動いていることに気づいてイヤホンをはずす。

「この前は、ありがとうございました」

「え、あ、ああ……」

三人の男子に囲まれていたやつだと、お礼を言われて気づく。

少年は、あの日おどおどしていたのが嘘のように胸を張って立っていた。おろおろと彷徨っていた目も、今日はしっかりと光を宿している

「あの日から、嫌がらせはなくなりました。っていうか話しかけられることもなくなって、結果ぼっちになっちゃったんだけど、でも、よかったです」

「あー……そうか」

「ありがとうございました、ってちゃんと言えてなかったから」

少年は深々と頭を下げる。なんて律儀な少年なんだ。

「よかった、とは思うけど、あの日おれはべつになにもしてないから、お礼なんかいらないよ。言うなら城之崎——あのときそばにいた女子に言ってやって」

おれは突っ立っていただけだ。

お礼を言われると申し訳ない気持ちになる。というか後ろめたい。

「はい、もちろん！　でも、ありがとうございました」

いや、わかってないじゃん。

とはいえ、こんなふうにお礼を言う少年に何度もいらないと言うのもちがうだろうと、「もういいよ」と肩をぽんっと軽く叩いて通り過ぎる。

少年の手を掴んだのは、城之崎だ。あんなことではなにもかわらない、と思っていたけれど、城之崎の言うように、たしかに、彼女はなにかを掴んでいたらしい。

この話を聞いたら、城之崎はえらそうな顔をしそうだ。

胸を張って見下すような視線を向けるかもしれない。

そして、この世界の素晴らしさを語りだすような、そんな気がした。

はずしたイヤホンから、メタルの曲が漏れて聴こえてくる。

彼女の讃える世界は、おそらく今のこの青空のように透き通ってきれいなのだろう。

思わず笑みが浮かんだ。

笑いながら、騒がしい音楽で耳を塞いだ。

3 かつて、少年は世界を救いたかった

夕日が海に呑み込まれるような、夕暮れの時間帯だった。

あの日、おれの世界からひとつの悪がいなくなった。おれが戦って勝ったから、というわけではない。だけど、悪は倒された。

うれしかったし、ほっとした。そして、まわりの安堵した表情を見て、学校の空気が少し軽くなったのを感じて、おれはほんの少し、勇気が出た。

おれのしたことは最低の行為だった。でも、わずかに挽回はできたんじゃないかと。それはちっぽけだけれど、ヒーローを諦めなくてもいいくらいの行動だったのではないかと。そんなふうに思えた。

――『誰でも、ヒーローになれるんだよ』

だからあの言葉をもう一度信じてみようと、自分を奮い立たせた。

小学校が終わってから家に帰ってすぐに、押し入れにしまい込んでいたマントを羽織って外に出た。今日からまた新たに、強いヒーローになってやるんだと意気込んで、一目散に海に向かった。

けれど、なにもできなかった。

久々に羽織ったマントは、これまで感じたことがないほど重かった。

石を積み上げただけの波止場には、普段から釣りを楽しむようなひとはほとんどいないため、その場にはおれひとりしかいなかった。昼過ぎまで雨が降っていて、波が高かったせいもあったのかもしれない。秋にしては気温が低かったこともあり、海に近づくひともいなかった。

どのくらいそこにいたのかはわからない。腰を下ろして、おれは何時間も揺れる海面を眺めていた。太陽が夕日にかわって海に沈みだしていた。そのとき、砂浜に同い年くらいの女の子と、その子の母親らしき女のひとがやってきたのが見えた。

この町の狭さと、おれの行動範囲の広さをもってしても、おれはふたりが誰だかまったくわからなかった。離れた場所に住む親娘が海でも眺めに来たのだろうか。

なんとなくおれはふたりを見つめていた。

砂浜と波止場はそれほど離れていない。すぐに気づく距離だ。けれど、おれは座り込んでいたし、ほかにひとがいなかったし、薄暗かったから、親娘はおれにまったく気づいていない様子だった。

ふたりはなにかを話していた。

女のひとが、海を指さした。声を荒らげているような気がしたけれど、はっきりとはわからなかった。

女の子は、海と母親を交互に見て、そしてゆっくりと波に近づいていった。

海はきっと、冷たいはずだ。

それに、波はいつもよりも高い。

なによりここは遊泳禁止だ。波打ち際から数メートル進んだだけで一気に深くなっていたり、ほかの場所に比べて潮の流れがはやくあっという間に沖に出てしまったりするかららしい。

危ない、と思う。

なのに、おれの体は動かない。

女の子はすぐに膝下まで海に浸かった。

母親らしき女のひとは、ただ、それを見ていた。

女の子は不安げにちらちらとうしろの母親を振り返って見るが、母親はその場から動かず見ているだけだった。数秒か数分して、あまり進まないでいる女の子に痺れを切らしたのか、はやくいけ、と言うように伸ばした手のひらを上下に振った。

だめだ。

これ以上は、危ない。

女の子は、そろそろと足を前に進ませて、胸元まで海の中に入った。

――その瞬間、ふっと海に呑み込まれたみたいに、頭まで沈んだ。

はっとして身を乗り出す。女のひとは、と視線を向けると、くるりと海に背を向けて歩きだしていた。

助けなければいけない。

海面から伸びている手が、おれに向かって助けを求めていた。

その手を摑(つか)んで、彼女を救わなければいけない。

頭の中で何度も自分にそう叫んでいるのに、体に力が入らなかった。

がくがくと、体が恐怖を訴えてきた。助けるためにこの海に入っても、どうすることもできないだろう。おれもあの子と同じように溺(おぼ)れるだけなんじゃないだろうか。でもおれは、泳げないわけではない。むしろ水泳は得意なほうだ。

なんとか立ち上がったものの、それ以上は無理だった。

底の見えない深い藍色(あいいろ)の広すぎる海に圧倒されて、恐怖で体がすくんだ。

ばしゃばしゃと、波の音にまじって、女の子の手が海面を叩(たた)く。さっきまでかろうじて見えていた後頭部が、どんどん溶けて消えていく。ときおり一瞬顔を出す。けれどまたすぐに、消える。

その姿をどのくらい見つめていたのか、不意に、その一瞬、彼女と目が合った気がした。おれの赤いマントが風になびいたのがわかった。

それでもやっぱりおれは、海に飛び込むことはできなかった。

――そして、踵(きびす)を返して駆(か)け出した。

彼女の手はなにかを摑もうと、海から伸ばされていた。

それは、あの日のおれに伸ばされた、あいつの手と同じだった。

おれはそれに対してなにもできず、目を逸らし、逃げる。そんなところも同じだった。

羽織っていたマントが風を受け、より一層重く感じたのを、覚えている。

あれが城之崎だと知ったのは、それから二ヶ月ほど経った頃だった。

事件自体は町で大きな騒ぎになったのだけれど、二ヶ月後に城之崎がこの町に引っ越してきたことで、より噂が大きくなった。

母親に殺されかけて、そして祖父母に預けられた子、として。

そんな城之崎と、関わり合いになるつもりはなかった。というか、まったく無関係でいたかった。なんせおれは城之崎を見殺しにしようとしたのだ。あの一瞬で城之崎がおれの姿を見たとは思わないが、万が一を考えると不安もあったし、後ろめたさもあったから。

しばらくはずっと落ち着かない気持ちだったが、幸い学区がちがったため、それも中学を卒業する頃にはなくなっていた。

なのに、城之崎と同じ高校に通うことになったうえに、二年で同じクラスになるなんて。

おまけに。

「なんなんだ、いったい……」

額に手を当てて言葉をこぼす。

「手伝ってほしくて」

目の前にいる城之崎、いや、赤ジャージヒーローがおれにまっすぐな視線を向けて言った。

はあっ、とため息をついてちらりと背後を振り返ると、店内からおれと赤ジャージヒーローを興味津々に見つめている店長と常連のおじさんがいた。

まさか、学校帰りに来たこの店で、城之崎と会うとは思わなかった。

ひとり楽しくCDを物色しようと思っていたおれの前に、突然城之崎が現れて、店の前で声をかけてきたのだ。店長たちにこのクソダサ赤ジャージヒーローがおれの知り合いだと思われてつらい。恥ずかしくてつらい。今すぐ逃げ出したい。

「あのひとの荷物、一緒に運んでほしいの」

おれの気持ちなど無視して、城之崎が少し離れた場所を見ながら話を続ける。そこには、ベビーカーを押す女性がいた。といっても子どもは女性の胸の前で抱かれていた。大きなエコバッグがベビーカーに置かれていて、女性の腕にもエコバッグがかかっている。足元にはトイレットペーパーもあった。

たしかに大変そうな姿だ。

「ベビーカーに座らせたら泣いちゃうから、抱っこしていないとだめなんだって」

「……わかったよ」

見てしまったので無視はできない。

城之崎とともに女性のもとに近づくと、ほっとしたような顔をされた。明らかに不審者でしかない城之崎に不安を抱(いだ)いていたらしい。そりゃそうだ。

「その荷物、持ちますよ」

「あ、ありがとうございます。すみません助かります」

「じゃあ、わたしはベビーカーを」

エコバッグとトイレットペーパーを受け取り、女性のあとに続いて歩く。無言だと居心地(いごこち)が悪いからか、女性は親しげに話しかけてくれた。おれがいることで警戒心も薄れたのか、奇妙な格好(かっこう)をしている城之崎にも。

「いろいろストックが一気に切れちゃうし、そんな日に限って息子はご機嫌ななめですぐ泣いちゃうし、プチパニックだったんだよねえ」

「そういうの、重なる日もありますよね」

知らないけど。なんとなくでもまあ、あるんじゃないだろうか。

泣き疲れたのか、女性の腕の中で一歳か二歳かの子どもはすやすやと気持ちよさそうに眠っている。

「ひとりだったら家から近いしたいしたことないんだけど、子どもがいると買い物も一苦労。家にひとりには絶対できないし」

同じ家の中にいても、目を離したすきに事故が起こる場合もある、というのはニュースなどで聞いたことがある。「大変ですよね」とわかったふうの返事をするおれとは対照的に、城之崎は「そうなんですか」と驚いたような顔をして言った。

マンションに着いて部屋の前まで荷物を運ぶと、女性は何度も頭を下げた。

「声をかけてくれてほんと、ありがとう」

心からのお礼だと伝わる笑みを、女性はくれた。

――『ありがとう』

かつてその言葉をかけてもらえるのがうれしくて誇らしかった、幼い自分を思い出す。

「でもさすがに、声をかけられたときはびっくりしたけど」

城之崎を見て女性が苦笑する。城之崎は申し訳なさそうに笑った、ように見えた。ちょうどいいタイミングで子どもが目を覚ます。

「あ、ほら。このひとたちが助けてくれたんだよ」

女性が子どもに話しかけると、きょとんと首を傾げるだけだった。大きな目を大きく開いておれと城之崎を交互に見る子どもは、とてもかわいらしい。城之崎も同じように思ったのか、子どもを凝視していた。その格好にこわがって泣いてしまうのではないかとハラハラする。案の定、見つめられた子どもはふにゃ、と顔を歪めはじめた。

「おっと、じゃあ、ありがとう」

それに気づいた女性は急いで部屋の中に入ろうとする。最後にもう一度お礼を言われてドアが閉まり、おれたちはその場をあとにした。

「ありがとう。助かった」

マンションを出ると、城之崎がおれのほうを向いて話しかけてくる。

かすかに微笑んでいるようにも見えて、居心地が悪くなる。

「……べつに、城之崎のためじゃない」

「それでも、ありがとう」

目を逸らしてそっけなく返事をするも、城之崎の声色はかわらない。

おれの気のせいかもしれないが、以前はどこか壁を感じるような話し方だったのに、今はやわらかく感じる。

そんなふうに考える自分に、むずむずする。

いやなわけではないけれど、いやだ、とも思う。このむずむずがどういった感情からくるものなのか言語化できないことも、余計にむずむずする。

それもこれも、たぶん、城之崎のせいだ。

城之崎と関わることが最近やたらと増えたからだ。

「っていうか、なんでいつもおれのいる場所に現れるんだよ」

学校では今までと同じように、ほとんど話をしない。城之崎自身が、誰とも必要最低限の会話しかしないからだ。なのに、最近関わりが増えた、と感じるのは、制服姿の城之崎、ではなく、赤ジャージヒーローの城之崎とこうして話すことがあるからだ。

でも、なぜ。

場所を決めずにヒーロー活動をしているのではなかったのか。そのわりに一度このあたりで出会ってから、ちょくちょく見かけている。

三日前はおれの家の最寄り駅にいた。祖母の店でバイトをして帰ってきたときに駅で見かけて膝から崩れ落ちそうになった。そんなおれをめざとく城之崎が見つけて、迷子の子どもを一緒にあやしてほしい、と話しかけてきたのだ。

その前は、また塾のある駅の近くにいた。正体を隠したいんじゃねえのかよ、と突っ込みながら素通りしたら、いつの間にかおれの背後にいて、そしておれのとなりに並んでいた。そして一方的に「着替えるから待ってて」と言って立ち去り、制服に着替えて戻ってきた。

……素直に待ってたおれもどうかと思うけれども。

そして今日だ。あのレコードショップは、先月から今日まで一度も行っていない。なのに、まるでおれが店に行くのを知っていたかのようにやってきて声をかけてきた。

「もしかして、おれのストーカーでもしてんのか」

もしやと思って訊くと、城之崎はふいと視線を逸らした。

その反応絶対図星だろ。

なんでそんなことするんだ。

「なんなのまじで」

「……マントとハーフマスクがないから心配？」

「誰もそんなこと言ってねえよ。あとマントではなにも隠せないし、ハーフマスクもそれほど効果はねえからな」

その証拠に、おれは城之崎だとすぐに気づいた。

いや、今はそんなことはどうでもいい。

「鈴森くんは、誰かを助けたいとは、思わないの？」

「なんでおれがそんなことを思わないといけないんだよ」

そして、なんで城之崎はそんなことを考えるのか不思議だ。

怪訝な顔で答えると、城之崎はじいっとおれを見る。そして口を開きかけると、

「うわ、噂の正義の味方じゃん！」

城之崎の声ではなく、背後から別の誰かの声がした。

振り返ると、私服姿の男子数名がこちらを見て騒いでいる。城之崎はすぐさま一歩下がっておれの背後に身を隠した。それされるとおれと関係があるみたいじゃねえか。やめろ。

「まじでいたんだな」

「オレ先月にも一回見かけたよ」

「今日はいいことあるかも」

男子たちは近づいてこようとはせず、少し離れた位置で話を続けている。いつの間にか、赤ジャージヒーローはラッキーアイテムと化しているようだ。

とにかくこの場からさっさと離れてしまおう。赤ジャージヒーローの仲間だと思われたくないし。

顔を逸らして、城之崎とともにそばの脇道に入る。店に戻りたいが、今は彼らから離れることのほうが大事だ。多少遠回りになるくらい、どうってことはない。

早足だったことと、彼らが追いかけてくるほどおれと城之崎に興味がなかったお

かげで、すぐに彼らから離れることができた。とはいえ、城之崎のこのヒーロー活動はおれが思った以上に噂になっているらしいので、また誰かに見られるのは避けたい。ましてや同じ学校の生徒に見つかったら最悪だ。そのためには城之崎と離れなければ。

「なあ、もうおれの役目は終わっただろ。活動に戻れば？」

「もう少し、手伝ってみる気はない？」

「ねえよ」

なんて図々しいやつなんだ。

「おれから離れるか、そのジャージを脱ぐか、どっちかしてくれ」

「ジャージ着たいの？」

「頼むからまともな会話をさせてくれよ」

なんでこんなに話が通じないんだ。

そばにある誰かの家の塀に手をついてがっくりと項垂れた。疲れる。まじで疲れる。もしかしてわざとなんじゃないだろうか。

「……あのな、城之崎」

ゆっくりと顔を上げて、あらためて城之崎の顔を見つめる。どうにかおれの気持ちをわかってもらわなければ。

そう思ったとき、城之崎の背後からひとりの男子がやってきた。

「あ、いた」

その姿を見て、ぎゅっと眉間に皺が寄る。

「……篤哉？」

なんで、こんなところに篤哉がいるんだ。

「あ、友だちには用事があるって離れたから、実のことは話してないよ」

なんの話だ。

首を傾げると「え？　気づいてなかったの？」と篤哉はさびしげに笑った。そこで、さっきの私服姿の男子たちの中に篤哉がいたらしいと気づく。すぐに目を逸らしたので、わからなかった。こんな場所に篤哉がいるとは思ってもいなかったし。

いや、でも、なんで篤哉はここにいるんだ。

おれを追いかけてきたっぽいけれど、なんのために。

なによりも、前にエレベーターで鉢合わせたときは気まずそうだったくせに、なぜ今はおれをわざわざ追いかけてきたのか。

意味がわからなさすぎて、なにか裏があるのでは、と思えてくる。

篤哉はちらりと城之崎を見て、そしておれを見た。

「噂のヒーローは女だって聞いてたから、実は関係ないのかと思ってた。でももしかしてって、気になってたんだ。偶然友だちの家に遊びに行く途中で会えるとは思わなかった」

篤哉が一歩ずつ近づいてくる。城之崎は不思議そうな顔でおれを見上げていた。

「おれとこいつは関係ねえよ。おれはCD買いに来ただけ」

「CD？　こんなところまで？」

「どこで買おうとおれの勝手だろ」

なんで話しかけてくるのかわからず、頭の中がぐちゃぐちゃだ。

篤哉がなにを考えているのかまったくわからない。

「その、噂のヒーローの子と一緒に活動してるんじゃないの？」

「してねえよ。するか、そんなこと」

はっきりと、食い気味に否定すると、篤哉はがっかりしたように眉を下げる。けれど、すぐに自嘲気味な微笑みにかわった。

「なんだ、そっか。いや、そうだよな」

まるで嫌みだな、と思う。

昔ヒーローごっこをしていたおれが、今もそんなことをしているわけがない。できるような立場ではないから。それを篤哉はわかっているのだ。

そうだよ、そのとおりだよ。バカにするためにおれを追いかけてきたのかと苛立ちが込み上げる。そんなのはただの逆ギレだともわかっている。なにより城之崎がいるこの場でそんな話をするわけにもいかないので、奥歯をぐっと嚙んだ。

篤哉はしばらく口を閉ざし、そして、真剣な表情をつくる。

顔に力が入っているのか、目が吊り上がり、口をへの字にする。

篤哉は、怒るといつもこんな顔をしていた。

「実が、昔みたいに――」

「もういいだろ。お前と話すことなんてないし、話したいとも思ってない。お前もそのはずだろ」

はっとして、余計なことを言いそうな篤哉の言葉をすぐに遮る。

そんな資格、おれにはないのに。

でも、おれが過去にヒーローごっこをしていたことを、城之崎に知られたくない。

「おれにかまうなよ。そのほうがお前にとってもいいんだから。悪いことしたとは思ってるけど、おれは、それを今さら謝るつもりなんてねえよ」

足を大きく踏み出して、篤哉に近づいた。

そしてそのまま、篤哉の横を素通りする。

「実」

呼びかけてくる声を無視して、足を止めず前に進む。篤哉から確実に離れるために、振り向くことなく、ただ、足を動かした。

そうしている自分は、やっぱり意気地なしなんだなと情けなくなる。過去の自分の振る舞いを思えば、今さらであっても篤哉の言葉を真摯に受け止めるべきだ。謝る気はなくとも、話を聞くくらいはするべきだ。

そうしないのは、城之崎がいるからだ。

城之崎は溺れていたとき、おれを見ていたかもしれない。その場合、おれがあのとき逃げ出したことも知られてしまう、という理由からだ。

いつだって、おれは大事な場面で、逃げ出す、臆病者の卑怯者なんだ。

「……で、いつまでついてくるんだ」

いつまで経っても消えない気配に呟くと、

「あんな態度はよくないと思う」

と、おれの質問を無視して注意をされた。

足を止めて振り返ると、相変わらず城之崎がいて、おれを見上げている。ストーカーっていうか金魚の糞みたいなやつだな。

「あのひと、追いかけてこないけどいいの？」

「いいに決まってるだろ」

追いかけてきたほうが困る。

「友だちにあんな態度はよくないよ」

「友だちじゃないし、なにも知らないやつにそんなこと言われる筋合いはねえ」

「じゃあ、なにがあったの」

「なんで教えないといけないんだ」

ぷいっとそっぽを向いて再び歩く。

「待ってよ」

「ついてくるなよ」

「待ってって」

ぱたぱたとおれを追いかけてくる城之崎を無視して歩き続けた。さすがの城之崎もおれがいやがっていることに気づいてくれたのか、しばらくして足音が聞こえなくなる。いや、でも、あの城之崎だぞ、とおそるおそる振り返ったけれど、そこに城之崎の姿はなかった。

そのことに安堵して、少しだけ、拗ねたくなる。

かまってちゃんかよ、おれは。

「店に戻ろ」

今戻ったら、店長に赤ジャージヒーローの城之崎のことをあれこれ訊かれるだろう。それは面倒くさいが、せっかく学校帰りにわざわざここまで来たのだ。なにも買わずに帰るのは癪(しゃく)だ。適当に説明して話を終わらせてしまえばいい。

誰の気配もない、まるでこの世界におれしかいないんじゃないかと思うような静かな道を、ひとりで進む。

まあ、あの城之崎が、あのままで引き下がるはずがない、よな。

案の定、レコードショップで興味津々な店長の質問をなんとか躱(かわ)していくつかのアルバムを見ていたとき、制服姿の城之崎が店に入ってきた。試聴のためにヘッドフォンをしていたので、城之崎がおれのとなりに並ぶまで気づかなかったのだけれど。

「……なにしてんの、城之崎」

「話を聞こうと思って、着替えてきた。これでいいでしょ」

「なにが」

赤ジャージ姿だから話をしなかっただけ、とでも思っているのか。あの会話からなぜそうなるんだ。自分に都合のいいように解釈しすぎでは。

とはいえ、ここまで追いかけてきた城之崎を振り払うのは至難(しなん)の業(わざ)だろう。そっと店長を見ると、ニヤニヤした顔をしていた。

篤哉とのことを話せば、城之崎はもう、おれに話しかけないはずだ。

「……買ってくるから外で待ってて」

諦めてそう言うと、城之崎は珍しく目を輝かせた。普段のアンドロイドみたいなものではない、血の通った人間らしい一面に、一瞬絆されそうになる。

やっぱりおれって、お人好しなのだろうか。

そんなはずはないのだけれど。

こくんと頷いて店長に頭を下げてから外に出る城之崎を見送り、レジに向かう。一枚のアルバムを差し出して財布を取り出すと、

「彼女？」

と店長が訊いてくる。

「ちがいます、クラスメイトです」

「そうなの？　なんだ、つまんないなあ」

つまらないとはどういう意味か。

「このバンド、気に入ったの？」

「え？　ああ、はい。ファンタジーメタルってめちゃくちゃだけど、いいですね」

前回買ったバンドの、デビューミニアルバムを購入するのが今日の目的だった。ミニアルバムのジャケットもマントを着た男性が写っていて、このコンセプトで活

動しているのだとわかる。とはいえ、音楽は結構正統派のメタルという感じで、テンションが上がる感じなのが好みだった。エピックメタルと言ったほうがいいような気もするし、ジャケットが普通なら、パワーメタルといった感じだ。

「このバンドのＰＶ観（み）た？」

「観ました。低予算で作ったのバレバレのＣＧで悪と戦ってましたね」

「そうそう。歌詞もなかなか熱いし、これからに期待できるよなあ」

店長はうれしそうに語る。

出身がフィンランドらしいので、歌詞も英語ではなく、おれにはほとんど理解できなかった。ただ、熱さは間違いなく感じられる。そこがいい。ＰＶも、意味がわからなかったが、倒されても倒されても、歯を食いしばって立ち向かい続けるものだった（ついでに歌いながら）。結局その戦いが最後どうなったのかはわからなかったけれど。

「実くんは自分で音楽やろうとは思わないの？」

「あー……どうっすかね。一応ギターはありますけど」

「いいじゃん。実くんのメタル聴いてみたい」

無理っすよ、と笑って二枚の千円札を店長に渡す。店長はレジにお金を入れて
「そんなことないよ」となぜか自信満々に言った。

音楽が好きだからといって、音楽の才能があるわけではない。歌が上手いわけでもないし、作曲だっておれには無理だ。弾くのはそれなりに好きだが、それだけだ。

ヒーローに憧れていたとしても、ヒーローになれるわけじゃないように、好きだけでは、どうしようもないものがある。

「そうっすかねえ。べつに溜め込んでるつもりもないけど」

「溜め込んでるものがあるひとは、メタル向きだよ。ま、勝手なイメージだけど」

うーんと首を捻る。溜めている、ということはなにか放出したいものがある、ということだろうか。そんなものがおれにあるんだろうか。

「店長はあったんすか？」

「そりゃあ、若い頃は自分の中の理想を求めて、ありとあらゆるものに怒ってたからね。親や教師、おとなや社会に。さすがに今はだいぶ落ち着いたけどさ」

「へえ」

そういうものなのか。

そういう意味ではおれはやっぱり、なにも溜め込んでないような気がする。親との関係になんの不満もないし、教師にも思うことはなにもない。

そもそも、理想なんてものもない。こんなもんだ、と思っているから。ありとあらゆることに対して、おれはそう思っているから。

おれにメタルを教えてくれたひとも、おれと同じ感じだった。

仕方ないんだよ、といつも言っていた。店長のように、若い頃はなにかしらを思っていた可能性はあるけれど、その辺はわからない。過去になにがあったのかも知らない。

自分の中の理想を求めて怒る、か。

なんとなく店長のセリフを反芻すると、妙な気持ちになった。

「はい、お釣り。また来てね」

店長の声にはっとして、お釣りを受け取る。ありがとうございます、と頭を下げて、城之崎のいる外に出た。

「喉渇いたな」

「話してくれるの？」

「なんでそんなに知りたいのかわかんないけど、もうおれにしつこく絡んでこないならいいよ」

「それはわかんないけど、聞いてあげるよ」

本当に話が嚙み合わないんだけど。

堂々としている城之崎にこれ以上文句を言っても無駄だと諦めて、「はいはい」

とどこか店を探しに歩きだした。そういえば近くにいい感じの喫茶店があったはずだ。そこならひとも少ないだろうし、話すにはちょうどいいだろう。

城之崎と無言で店に向かいながら、過去の自分を思い出す。

たしか、空は今日のように真っ青で、ほどよく涼しい、心地のよい季節だった。

おれがマントを羽織って放課後毎日ヒーローごっこするようになったのは、小学二年生の、おれの誕生日の直後からだった。

マントがなかっただけで、昔からやたらとお節介をやいていた記憶はある。ただちがうのは、それまでのおれは〝ヒーローに憧れていた〟子どもで、それ以降のおれは〝ヒーローになった〟子どもだった。

そもそものきっかけは、その頃放送されていた特撮ドラマだ。

テレビの中のヒーローがとにかくかっこよかった。仲間と力を合わせて戦ったり、ときにひとりで立ち向かったり。自分を犠牲にして、圧倒的に不利な状況でも悪に立ち向かう姿は特に好きだった。

そして、その想いが爆発したのは、憧れが夢にかわったのは、どこかのショッピングモールでやっていたヒーローイベントだった。特撮が大好きなおれのために母親が連れていってくれたのだが、それはテレビで人気のヒーローではなく、小さな劇団の独自のヒーローショーだった。

つまり、偽物(にせもの)だ。

がっかりした気持ちで面白くないショーを観た。

舞台にいるひとたちは、おれが憧れているヒーローとはちがった。なんでもないただのおとなが、マスクを被(かぶ)り衣装を着てヒーローのふりをしているだけ。テーマパークにいる着ぐるみと同じようなもの。小学二年生だったけれど、そのくらいのことは理解していた。

観終わったあと、テレビとは比べものにならないほどしょうもないショーに落胆(らくたん)しながらひとりトイレに向かった。すぐそばでは、舞台に立っていたヒーローが子どもたちをお見送りしているのが見えた。相手は偽物だというのに、子どもたちは一緒に写真を撮ってもらったり握手をしてもらったりしていた。

群がる同年代の子たちに冷めた視線を送っていたときだ。

「わっ」

足元になにかが絡まり、地面に転ぶと、おれに遅れてそばにいるひとも転んだ。

「お父さん！」

一瞬なにが起こったのかわからず、ぽかんとする。そしてすぐに、おれのとなりで倒れているひとりのおじいさんに気づく。痛みを堪(こら)えて顔を顰(しか)めているおじいさんの手元には、一本の杖があった。

前を見ていなかったせいでおじいさんの杖に気づかず、それにひっかかってしまったのだとすぐにわかり血の気がひく。自分のせいでおじいさんはバランスを崩して倒れてしまったのだ。

「ご、ごめ、ごめんなさい」

「いや、だ、大丈夫だよ」

「お父さん動かないで。きみも、怪我はない？」

おじいさんは手首を押さえていて、なのにおれを気遣ってくれた。そばにいるおじいさんの家族の女のひとも、ぶつかったおれを責めようとせずに、焦ってはいたけれどやさしく声をかけてくれた。

「あ、お、おれ、誰かを」

おじいさんは倒れている。

体が大きいひとだったので、家族のひとは起こせず困っていた。もしかしたら手首だけではなく、足も怪我をしたのかもしれない。

立ち上がって誰か呼びに行かなければいけないのに、体が動かない。

まわりはみんなヒーローに夢中で気づいていない。

どうしようどうしようと、頭の中がパニック状態だった。

それでも、なんとか立ち上がった。

「あ、あの！」

そして、声を張り上げる。誰かに聞こえるように、「すみません！　誰か！」と繰り返す。おれのせいでおじいさんが怪我をしてしまった。おれのせいだからおれがなんとかしなくちゃいけないのに、子どものおれにはできない。

だから、誰か。

――誰か。

そこに、柵を飛び越えてひとりのひとが、飛び込んできた。

目の前で、赤いマントが翻った。

「大丈夫ですか？　今ひとを呼びますね」

赤い衣装を身に纏った男のひとが、おじいさんの体に腕を回してゆっくりと起こす。そして「怪我したのは腕ですか？」「足は？」と状態を確認する。ヒーローの登場に、母親やほかのおとなもおじいさんに気づいてくれて、スタッフらしいひとも集まってくる。

その頃には、おじいさんは自分の足で立ち上がっていた。

「すみません、ご迷惑を。きみも、驚いただろ」

おじいさんは申し訳なさそうに頭を下げる。

「念のため病院に行きましょう。警備員に頼んで担架持ってきてくれる？」偽物のヒーローは近くにいたひとに声をかけた。それに対して「え？」と誰かが声を発する。

「いやもう、大丈夫でしょう」「立ってるし、そこまでしなくても」「子どもたちも待ってるから、再開しないと」「そんな大事にしなくてもねえ」

子どもながらに、いやいやおじいさんのほうが大事だろ、と思った。

でも、子どものおれが口を挟むわけにもいかず、ぎゅっとズボンを握りしめる。おじいさんをちらりと見ると、居心地が悪そうに、けれど足が痛むのか少し動くたびに眉を寄せていた。手首もさすっている。

「おじいさんも大丈夫でしょ？」

「え、あ、ああ、はい」

おじいさんに声をかけたおとなが、こわく感じた。弱い立場のひとを取り囲んで脅す悪の集団のように見えてくる。

「本人もそう言ってるし」

「なに言ってるんですか」

そこに偽物のヒーローが割って入り、なにもなかったことにしようとする相手をぎろりと睨みつけた。

「杖をついて歩いているひとが転んだんですよ。なんで無事だと思い込めるのかさっぱりわからないんだけど。なにごともなければもちろんいいけど、なにかあったらどうするんですか？」

背筋を伸ばし、相手を見つめる。ふたりの身長は同じくらいなのに、ヒーローのほうがずっと体が大きく見えた。

それは、悪に立ち向かうヒーローそのものだった。

誰も自分の意見に賛同してくれない中でも、意志を貫ける強さがかっこいいと思った。おじいさんを守るために、どんな状況でもはっきりと自分の意見を口にできる姿は、輝いて見えた。

まわりのひとたちはバツが悪そうに目を合わせる。そして仕方ないなと言いたげな顔をしてから、言われた通りに警備員を呼びに行く。偽物のヒーローは、恐縮するおじいさんに「ちゃんと、診てもらってください」とやさしい声色で言った。

しばらくして、おじいさんは無事に担架に乗せられてどこかに連れていかれた。

すると、

「きみは？　大丈夫？」

偽物のヒーローはくるりと振り返り、呆然と突っ立っているおれに手を差し出してきた。目の前の大きな手を見てから、顔を上げてマスクをつけている誰かをまっすぐに見つめる。

「……偽物じゃないの？」

「え？　なにが？」

「偽物なのに、ヒーローみたいだったから」

テレビで見るような、かっこいい姿だった。舞台にいたときよりも、そのひとはかっこよかった。偽物の悪の集団と戦っていたときよりも、おれにはそう見えた。

　おれの言葉に、ヒーローは動きを止めて、そしてしばらくしてから「ああなるほど」と言って噴き出す。バカにしているような感じではなかったので、おれは笑い終わるのを黙って待っていた。

「僕には、きみのほうがヒーローだったよ。自分も怪我をしているのに、おじいさんを助けるために声を出したきみは、かっこよかった」

　怪我、という言葉に、ふと自分の手のひらを見る。

　転んだときに手のひらをついたのか、擦り傷ができていた。そういえば、と膝を見ると、そこにも赤い血が滲んでいる。今までまったく気づかなかった。

「でもおれは、ヒーローなんかじゃないよ。戦ってもいないし」

「でもきみは、声を出しただろ。それは勇気がないとできない。勇気を出すのは、戦うことだと思うよ。だからきっと、あのおじいさんにとっても、きみはヒーローだったはずだ」

　おれのせいなのに？

　おじいさんは担架で運ばれるときに、おれを見て「ありがとう」と言っていた。あのときはよくわからなかったけど、なんでおれにお礼を言ったのだろう。

「ヒーローに、偽物はいないよ。誰でも、ヒーローになれるんだよ」

　そう言って、ヒーローの姿をしたひとはおれの前で膝をついた。おれとヒーローの目の高さが同じになる。

　てっきり褒められるのだろうと思った。頭を撫でて「えらかったね」と言われるのだろうと思った。

　でも。

「ありがとう。きみのおかげで、あのひとを助けることができたよ」

　そのひとは、ヒーローの姿で、おれに深々と頭を下げた。

「おれは、おれじゃなくてあんたが助けたんだと、思うよ」

「じゃあ、僕もきみも、ヒーローってことだな」

　おれの肩に手を置いて偽物のヒーローはにっと白い歯を見せた。その瞬間、おれの手のひらと膝がじんじんと痛みはじめた。さっきまでちっとも痛くなかったのに。

あの日のおれは、ヒーローだったらしい。

子どもでも、怪我をさせてしまったおれでも、ヒーローになれた。

偽物の、衣装を着ているだけだったあのひとも、間違いなくヒーローだった。

ちっぽけな世界でおれはあのとき頑張った。テレビでかっこよく戦っているヒーローのように、世界を滅ぼそうとする悪と戦ったわけじゃないけれど、おれはおれの目に映る世界を守れる存在になれた。

　でもやっぱり、おれはまだまだヒーローにはほど遠い。だって、あのヒーローのように、誰かに立ち向かったわけじゃない。

　誰でもヒーローになれるんだと、あのヒーローは言った。

　だから、これからは憧れるだけではなくヒーローになろう、と思った。自信を持っておれはヒーローだと言えるようになろうと。

　そのために、数ヶ月後の誕生日は母親にマントを強請（ねだ）った。

　悪に立ち向かい、誰かを助けよう。自分の痛みを忘れるくらいに戦えるひとになろう。あのひとのように、かっこよくなろう。

　マコトマンは、そうやってうまれた。

　思い返せば、本当に子どもだったな、と思う。

なによりも、そんな幼稚なことを小学四年生まで続けていたことが、自分のことながら痛々しくて仕方がない。

「……で、話って？」

目的の喫茶店で向かい合わせに座ると、まるでおれから城之崎に話したいことがあると言ったような切り出し方をされた。いや、城之崎が聞きたがったんだろ。もういちいち突っ込まないけど。無駄だから。

「わたし、門限があるから、そんなに時間がないけど」

そういえば、前におれに会いに祖母の店に来たときもそんなことを言っていた。

「おれが篤哉と話さないのは、おれのこときらってるやつと話しても仕方ないだろ、って思ってるからだよ」

「だから、なんでそうなるの」

ぐいと身を乗り出して城之崎が言う。

「あのひとは、鈴森くんと話したいことがあったんじゃないの？」

「嫌みは言いたかったかもな。昔の恨(うら)み言とか」

テーブルに置かれているグラスに口をつけて、水で喉を潤(うるお)す。思いのほか、おれは緊張しているらしい。それもそうか。この話は今まで誰にも自分の口から説明したことがなかった。両親は知っているが、それも教師経由だったし、その件について家で話題に出たこともない。

なのに、なんでおれは今、城之崎に語ろうとしているのだろう。城之崎を遠ざけるため、とはいえ、それだけのために。

「あのひとが？　そんなふうには見えなかったけど」

「城之崎はなにも知らないから、そう見えただけだよ」

ふ、と自嘲を込めて笑う。

「親友だった篤哉がいじめられていたのを、おれは見て見ぬふりをしたんだから」

思ったよりもするりと声が出た。声に出すと、不思議と少し気が楽になった。楽になんてなってはいけないのに。

「おれは、篤哉を見捨てたんだよ」

あの日の篤哉の顔を、おれは一生忘れないだろう。

おれに向かって伸ばされていた篤哉の手から目を逸らして、おれは立ち去った。同級生がゲラゲラと笑っている声が背後で響いていた。おれに向けられていたものなのか、篤哉に対してのものだったのかは、わからない。

鼓膜にこびりつくような、笑い声だった。

「……どういうこと？」

「おれと篤哉は小一からの親友だった」

同じクラスになってから、おれはいつも篤哉と一緒にいた。きっかけは、おれがいつも本を読んでいる篤哉をバカにしたクラスメイトから庇ったことだった、と思う。

おとなしくて穏やかな篤哉と、お節介で目立っていたおれは、まわりからすれば正反対の性格に見えていただろう。ほかの友だちや先生や親も、おれたちが仲がいいことを不思議に思っていたのを知っている。

でも、おれにとって篤哉は特別な存在だった。

おれ、ヒーローに憧れてるんだ、と言えば、ぼくにとって実はもうヒーローだよ、と笑ってくれた。マントを手に入れたからおれはヒーローになる、と言えば、かっこいいね、と拍手をしてくれた。

小一ならまだしも、小三になっても小四になっても、篤哉は一度もおれをバカにしなかった。当時おれがよく聴いていた洋楽に理解や共感はしてくれなかったが、ほかのクラスメイトのように変だとは一度も口にしなかった。それどころか、

――『実は、やっぱり特別だな』

そんなふうに言ってくれた。

おれがヒーローごっこを続けていられたのは、誰になんと言われていても気にせず堂々としていられたのは、篤哉がそばにいたからだろう。

おれをヒーローのように扱ってくれる篤哉がいたから、おれは自信に溢れていて、篤哉にそう思い続けてもらいたくて、胸を張って過ごしていた。

おれと城之崎のあいだにある丸テーブルに、店員のおしゃれなおばさんがカフェオレと紅茶を置いた。ごゆっくり、というセリフを残して背を向けたおばさんを見送ってから、

「一瞬で、なにもかもが壊れるんだ」

ぽつりと言葉をこぼした。

そして、きょとんとしている城之崎を一瞥する。

「小四のとき、篤哉のクラスに転入生がやってきたんだよ」

二学期が始まって、そいつはやってきた。背の高いやつだった。当時おれは篤哉とは別のクラスだったけれど、クラスの女子たちはかっこいい子が来た、とはしゃいでいた。そのくらい、目立つやつだった。

「そいつは一瞬で人気者になったよ。すげえ社交的で、みんなにやさしくって、家が金持ちで。でも、〝いじめが原因で引っ越してきた〟っていう悪い噂もあった。前の学校で誰かをいじめてすげえ問題になったんだ、って」

どこからそんな話が出てきたのかはわからない。

だから、興味半分で話題にするやつもいたけれど、実際のそいつはいつもにこに

こしていたから、ほとんどのひとが信じていなかった。

おれも、信じていなかった。クラスがちがったので話したことはなかったが、噂なんか信じるなよ、と誰かに言ったような覚えがある。

そして転入生の悪い噂はいつしか〝嘘の噂を広められている〟という話にかわっていた。人気のある転入生を僻んだ誰かが、嘘を言いふらしたんだ、って。そういう噂になって、そいつはより一層ひとの注目を集めた。

「でも、その悪い噂は本当だったんだよ」

転入生は、ひとをいじめるやつだった。

そして、篤哉は、そいつにいじめのターゲットにされていた。

それまで、狭い町にあるおれらの通う学校に、ニュースやドラマで見かけるような陰湿ないじめはなかった。変な噂のせいで遠巻きに見られたり、避けられたりするひとはいたかもしれない。でも、暴力や恐喝などはなかったと思う。そんなことをすれば自分が噂の的になる、ということを、みんな子どもながらに自覚していたんじゃないかと、今は思う。

篤哉も、昔は男子にからかわれることがあったが、おれと仲良くなってからはほとんどなくなったし、おとなしくても篤哉は気が弱いわけではないから、言い返している場面に遭遇したこともある。

多くはないが、篤哉にはおれ以外にも友だちがいた。クラスで孤立していたわけではなく、毎日笑って学校に通っていた。

転入生がやってくるまでは。

そして、転入生はたった一ヶ月で、あのクラスを乗っ取った。

気がついたときにはもう、あの教室の世界は粉々に破壊されていた。

その頃、おれと篤哉はクラスが離れていたので、学校で一緒に過ごすことはなくなっていた。親友にはかわりないので毎日のように放課後は遊んでいたけれど、篤哉はなにも言わなかったから、おれはなにひとつ、気づいていなかった。

ある日、クラスメイトから篤哉のクラスの様子が最近変だ、と聞かされた。変ってどういうことだろうと不思議に思い、なんとなく放課後に篤哉の教室に行った。

――『なに？　ああ、ヒーローの友だちかー』

転入生は、教室の出入り口の引き戸を開けたおれにそう言って笑った。

そいつのまわりには、何度か話したことがある篤哉のクラスメイトが二、三人いて、今まで見たこともないような死んだ目で転入生と同じようにヘラヘラと笑っていた。友だちと言えるような関係ではなかったが、でも、こんなふうに笑うようなやつらではなかったはずだった。

ふと視線を下に向けると、篤哉が床に横たわっていた。

――『こいつは今オレらと遊んでるから、先に帰ってくんね？』

転入生は足で篤哉の背中を軽く蹴った。びくりと篤哉が体を震わせておれを見る。そして、へらりと笑って「ごめん」とおれに謝った。

目の前に広がる光景が信じられなくて、言葉が出なかった。

ほかのクラスメイトはどう思ってるのかと教室を見回すと、誰もが目を逸らしてそそくさと帰り支度をしていた。一刻もはやくこの場から立ち去りたいという想いが伝わってきた。異様な空気が、教室には広がっていた。

なんで、いつの間に、こんなことになっているのか。なんで、まわりのひとに、誰もなにも言わなかったのか。

口にすることもできないほど、この教室は恐怖に支配されていた、ということだ。

もし誰かに喋ったのがバレたら自分がどうなるのかわからないから、口を閉ざしていたのだろう。

こんなことがあるなんて、おれは知らなかった。

別世界だ、と思った。

この教室の変化は、ただ、ひとりの転入生が来ただけなのに。

もう、手遅れの状態だった。

「羊が百匹いたって、一匹の狼には敵わないんだよ。転入生はクラスの頂点に君臨してて、誰ひとりそいつに歯向かえない空気になってたな」

壊れた世界は、転入生によって呑み込まれて廃れて荒んでいた。

「なんで、助けなかったの？　鈴森くんも歯向かえなかったの？」

「いじめはやめましょう、誰かがいじめられていたら助けましょう、っていうけどさ、それって、ピストルを持って押し入ってきた銀行強盗に、なんの武器も持ってない人質が力を合わせて立ち向かいましょう、っていうのと似てると思わねえ？」

まあ、できないことはないだろうけれど。

強盗がピストルで誰かを撃てば、その瞬間、強盗はその世界の支配者になる。たとえ人質が十人いたとしても、そのうちの数人が恐怖に支配されれば、そう簡単に力は合わせられない。目の前で赤い血飛沫を見て、これっぽっちも恐怖を感じない人間なんて、そうそういない。強盗側の言う通りにしたほうが安全だと思う者も出てくるだろう。そうなると、人質たちは疑心暗鬼に陥って、自分の身を守る方法しか考えられなくなる。映画や小説でよく見る、生死をかけたゲームと同じだ。協力すればいいだけなのに、それができない。

おそらく、あの転入生はそういうことをしたのだろう。

「でも、それといじめはちがうでしょう。そんなの、生け贄、みたいな」

「そうだな。生け贄だな。生け贄って最古の時代からある。つまり、人間はそういうもんなんだよ。なにかを捧げることで身を守ろうとする」

「だけど、それでも、だからってそんなの間違ってるじゃない」

「自分のことを守ろうと思うことは、悪か？」

見て見ぬふりはたしかに罪だろう。

でも、かわりに自分が殴られることを選べる人間はどれほどいるのだろうか。

「みんな、いじめがある教室なんかにいたいはずねえじゃん。そんなのないほうがいいに決まってる。でも、崖の上で足がすくむのはいいのに、暴力の前で動けないのは、罪なのか？」

城之崎がぐっと言葉に詰まるのがわかった。

それを見て、言い負かすことができたのだと思った。

目の前の城之崎は、あの頃、正義の味方を気取って同じように考えていた自分だ。だから、城之崎を言い負かすことができたことで――あのとき、立ち向かえなかった自分を正当化できたような気分になる。

誰よりもおれが、その行為を悪だと思っているのに。

やめろよ、なにしてんだよ、と割って入ったのは、二回だけだった。

一度目は、正義感しかなかった。

――『は？　邪魔すんなよ』

鋭い視線を向けられたとき、小さな恐怖が胸に芽生えた。転入生がシケたと言って立ち去ったことで、終わった。その日一緒に帰った篤哉は一言も話さなかった。

二度目は、声をかけて止めた。

――『うっせーなこいつ。きも』

そう言われて、突き飛ばされた。痛がっているあいだに、篤哉は彼らにどこかに連れていかれて、いなくなっていた。探したけれど、見つけられなかった。

そして三度目の前に、おれは廊下で転入生を含む四人の男子に囲まれた。

――『今度邪魔したら、お前をターゲットにするからな』

お腹に拳を目一杯押し付けられながら、耳元で囁かれた。

なにも、言い返せなかった。足ががくがくと震えて、その場からしばらく動けなかった。

これまでおれに親しげに話しかけてきて、頼りになるな、すげえよ、と言ってくれていた、友人だと思っていたまわりの同級生が、おれからそっと目を逸らした。

誰も、おれに手を差し伸べようとはしなかったし、声もかけてこなかった。

今まで見ていた世界は夢だったのかと思った。

それから数日、おれは篤哉の教室に行くことができなかった。

そんな自分がいやで、どうにかしなければと、ヒーローになるんだと、戦うんだと、なんとか力を振り絞って篤哉の元に向かった。

けれど。

――『まじでしつけえ、こいつ』

教室に入るとすぐに、殴られた。

おれよりも体の大きかった転入生は、おれの胸ぐらを掴んで顔を近づけてきた。鼻息が顔にかかるくらいの至近距離で、そいつはおれの足をぎゅうぎゅうと踏み潰した。

――『かわりに相手してくれるのか？』

頬がじんじんと痛んでいた。

昔おじいさんの杖にひっかかって一緒に転んだときはなんの痛みも感じなかったのに。あのときとちがって血も出ていないのに。

体が粉々になるくらいの痛みが全身に広がっていた。

おそるおそる、うずくまっている篤哉を見ると、シャツにはいくつもの足跡が残されていた。篤哉のものだと思われる教科書が床に散らばっていて、中は破られていたり落書きをされている。膝にはいくつもの傷があった。そして、ちらりと見えているお腹には、青あざもあった。

これが、自分になる。

想像するだけで、歯がカタカタと震え出した。

――『今すぐどっかに行って、二度と邪魔しないなら、見逃してやるよ』

おれが震えていることに気づいた転入生は、嘲りを含んだ声色で言った。

――『まこ、と』

篤哉の声が耳に届いた。

おれのほうに伸びる篤哉の手が視界のすみに見えた。

助けを求める手だった。そんなことはわかっていた。

けれどおれは、その手から目を逸らした。

残っていた力を振り絞って、おれは、その場から、逃げた。

おれは、篤哉を生け贄にして、自分を守った。

おれの世界はあの瞬間、ひび割れた。ガラガラと崩れ落ちる音が聞こえた。

「わかってるんだよ、おれが卑怯者で弱虫だってことは」

ふは、と笑ってカフェオレに手を伸ばす。あれだけ篤哉にヒーローについて語っていたくせに、おれは土壇場で逃げ出すという最低な真似をしたのだ。

「どんな理由があろうと、こわかっただとか自分を守るためとか、それが誰かを守るためだとしても、罪は罪だよな。誰かを傷つけたり身代わりにして許されるはずがねえんだよ」

なにがヒーローだ。

なにが正義の味方だ。

そんなものはおれの中になにもなかった。

「だから、篤哉はおれを憎んでるんだよ。でも、おれとしては、時間が戻ってあの瞬間をやり直したところで同じことをするつもりだから、許されたいとは思ってねえの」

「……ずっと、いじめられてたの？」

「は？　ああ、篤哉のことか。いや、幸いその転入生はそれから一ヶ月もしないうちにどっか転校してったな。でも、篤哉とおれは二度と話さなかった。篤哉は中学受験してどっか行ったしな」

あれからの小学校生活は、おれにとっても居心地が悪い日々だった。

逃げ出した後ろめたさから篤哉と顔を合わせられなかったし、篤哉も篤哉でおれを避けていたし。なにもかもが面倒くさくなって、誰かと話をする気分になれず、ひとりで過ごすようになった。そんなおれを、同級生はひとがかわったように感じていただろう。

でも、すぐにそれが日常になった。

必要以上に話しかけられなくなった。遊びに誘われることもなくなった。いじめがクラスの中で黙認されていたのと同じだ。

みんな、目の前にある日々を受けいれる。

それでも颯斗のようにかわらず接してくるやつだけが、おれの友だちになった。誰もいなかったら、おれは――どうなっていたんだろう。

「それでも、わたしには、あのひとが鈴森くんを恨んでるようには見えなかった」

城之崎は眉間に皺を寄せて呟く。

篤哉の性格を考えると、いつまでもひとを恨むようなことはない、かもしれない。いつだって相手の気持ちに寄り添った考え方をしていたから。

城之崎が言うように、当時はともかく今はちがう感情を抱いている可能性もある。小学校ではもう誰とも親しくしている様子はなかったが、中学から通っている学校で遊びに行く友だちができたようだし。

だとしても、だ。

「万が一、篤哉がもうおれを恨んでないとしても、おれはあいつと話したくないんだよ。最低な自分を思い出したくないからな。結局、自分のためってことだよ」

ぬるくなったカフェオレを一気に半分ほど飲んで、カップをテーブルに置く。

「城之崎がなんでおれをお人好しだと思ってんのかわかんねえけど、ま、そういうことで、おれは自分本位な最低なやつなんだよ。城之崎がやってる変な活動にこれっぽっちも興味がないし」

城之崎の目を見てはっきり口にする。

もうこれでわかっただろう、と念を押すように「もうおれに関わんないで。迷惑」と言葉を付け足した。

さすがにここまで言えば、城之崎も諦めるだろう。

城之崎はしばらく、黙ったまま動かなかった。瞬(まばた)きの仕方を忘れたのだろうか、と思うくらい、目を見開いて固まっている。

「幻滅(げんめつ)したのか？」

つい、ふは、と笑ってしまう。

幻滅されても構わないが、そこまで衝撃を受けられるとは。もしや、もうおれと話す気がないくらいドン引きしたのかもしれない。正義感溢れる赤ジャージヒーローには刺激が強すぎたのかもしれない。

「鈴森くんのしたことは、最低だ、と思う」

城之崎が、やっとのことでゆっくりと言葉を紡(つむ)いだ。

「だろうな」

「でも、鈴森くんは何度も、誰かに手を差し伸べてた。転びそうになったおばあさ

ん を守ったり、道に迷っているひとを案内したり、塾の裏でなにかがあるのをすぐに察して見に行ったり。手伝ってって言ったら、渋々でも付き合ってくれた。わたしを助けてくれた」

それは、たまたまだ。

おれから行動に移したわけではない。

目の前にいたから、声をかけられたから、聞こえてきたから。それだけだ。

なのに、胸がぎゅうっと絞られて、痛みと熱が体に広がる。

おれは、城之崎が思うようなお人好しではない。そもそもヒーローを目指していたときだって、おれはただ、かっこいい自分になりたい、というだけで、誰かを助けるため、というものではなかったのだ。おまけに、実際のところ小学生のおれのしたことなんて、少し親切な少年レベルのものだった。その活動期間が長かったために、癖になっていて、つい城之崎に誤解されるようなことをしてしまった、というだけ。

「過去の行動は、最低だと思う。でも、それでも、わたしは今の鈴森くんを最低だとは、思わない。幻滅も、しない」

どうして、そんな揺るぎのない瞳をおれに向けることができるんだ。

今のおれのなにを知っているんだ。一ヶ月にも満たない関わりしかないくせに。

なんでそんなに自信満々に、おれを受けいれることができるんだ。

「……意味、わかんね」

頭を抱えて、はあーっとため息をつく。

つまり、城之崎はこの話を聞いておれに一切関わらない、という決断は下さなかったということだ。なにを根拠にそう信じられるのかは知らないが、おれがお人好しだという認識はかえてくれないらしい。

なんでだよ。

ほんと、城之崎はしつこすぎる。諦めが悪すぎる。

これからもこいつに振り回されるのか、と思うと、うんざりして、けれど少し、なにかが、救われたような気分になった。

「城之崎のイメージする正義の味方じゃないだろ、おれは」

「たしかに……、鈴森くんは赤はだめだね。青か緑ならいけると思う」

「……着ねえし、仲間にはなんねえっつの」

いや、やっぱり迷惑なんだけども。

もしもあのとき、城之崎がいたらどうしただろうか。

城之崎ならば、逃げ出すことなく立ち向かえたのだろうか。訊いてみたくなったけれど、たぶん、城之崎にとってそれは愚問だろう。

城之崎は、正真正銘の、正義の味方だ。

自分にもまわりにも幻滅せずに、信じ続けられる強さがある。力はなくても、おかしな行動をしていたとしても。

仲間にはならないけど。なれないけど。

でもひっそりと、城之崎のヒーロー活動を応援してやるくらいは、できる。そのくらいはしてあげてもいい。そのくらいで、おれは十分だ。

+―――――+

結局のところ、おれの過去の話をしたところで城之崎に変化はなかった。

学校では赤の他人で、まわりなんかどうでもいい、というような態度を見せているのに、学校が終わると赤ジャージを着て毎日どこかしらで誰かを助けようと奮闘している。

城之崎のヒーロー精神については、筋金入りだと認めざるを得ない。痛々しいが、ちょっとやそっとで折れるようなやわなものではない、ということは理解した。やばいやつというのは、よくも悪くもブレないようだ。

それはいい。好きにしたらいい。

――けれど。

〝2駅前〟

休み時間、朝靴箱に入っていた紙切れを思い出し、机に突っ伏す。

だからって、堂々とひとを巻き込まないでくれ。

なにを思ったのか、城之崎はおれが篤哉とのことを話してから、以前にも増して図々しくなった。こうやって靴箱にメモを入れて、おれにもヒーロー活動をさせようとしてくるのはまじで勘弁してほしい。

最初に受け取ったときは〝5駅後〟という文字の意味がわからず、不気味だったので無視をした。そしたら次の日に〝無視はだめ〟という注意の書かれたメモが入っていた。

宛名も差出人も書かれていなかったが、城之崎だと気づいたのはそのときだ。学校でどういうことだと訊くわけにはいかないので、かわりに〝わかるわけねえだろ〟と文句を書いた紙を城之崎の靴箱に放り込んでおいた。名前もなければ駅名もなく、目的も不明なのだ。不親切にもほどがある。

そしてその返事は〝0駅〟というまたもやわけのわからないものだった。会話になんねえなと無視をして、学校が終わって塾に向かい、最寄り駅で赤ジャージを見かけた瞬間、やっと城之崎のメモを解読できた。

どうやら塾のある駅を0として、学校方面を前、自宅方面を後(うしろ)、として数えていたらしい。そしてその駅でヒーロー活動をするので来い、ということだ。

いや、行かねえよ！

もちろん一度も行っていない。行くわけがない。ただ……一度だけ、気になって物陰から城之崎を観察したことがある。案の定見つかって巻き込まれてしまったので、金輪際(こんりんざい)行かないと決意した。

にもかかわらず毎日のようにメモを入れる。

メンタル強すぎるだろ、あいつ。

昨日も塾に行く前に駅で遭遇してしまい絡まれた。0駅での活動はやめてほしい。

「なあなあ、実」

「……った、お前、イヤホンを勝手に取んなって前も言っただろ」

音楽を聴いていたというのに。話しかけても無視されるから、という理由で、颯斗は最近声をかけると同時におれのイヤホンを取る。

「痛くはないだろー」

「そういう問題じゃねえよ。で、なに」

ったく、とぶつぶつ文句を言いながら、イヤホンを受け取りケースに戻す。颯斗はおれの前の席にうしろ向きに座り、「その調子じゃ噂も知らねえんだろ」と頬杖をついて言った。

「おれが噂をきらいなの知ってるだろ」

「まあ、そうだろうとは思ってたけどさ。品のない娯楽だからな」

颯斗はけらけらと笑う。こういうところが、颯斗のいいところだなと思う。そういう颯斗だから、今も友だちだと言える関係を続けることができている。空気を読まないのも、意図してのことだろう。

とはいえ、颯斗だけが噂を娯楽だと思っているわけでもないこともわかっている。ほかのひともみんな自覚しているはずだ。それでもなくならないくらい、噂は中毒性があり、そして、噂するひとが娯楽程度にしか思ってなくても、それはひとを苦しめる。

篤哉が中学受験をしたのも、いじめられていた、という噂が校内に広まっていたのが理由のひとつだったと思う。

転入生がいなくなってから、篤哉はクラスでかなり気を遣われて過ごしていたらしい。見て見ぬふりをした罪悪感からの態度だろうけれど、篤哉は居心地が悪かったのか、それ以降、誰とも親しくしようとはしなかった。

そして、おれも多少噂の的になった。マントを羽織ってイキっていたおれが、友人を見捨てて逃げたのだ。ただ、おれを責めるやつはいなかった。多少バカにしてきたやつはいたけれど、大半が仕方ないよ、とそう思っているのが伝わってきた。

仕方ない、か。

「それでも、先に聞いといたほうがいいと思うから、伝えるわ」

颯斗がおれに顔を近づける。

「なんだよ。またおれと城之崎のことか？」

似たようなことが前にあったな、と冗談めかして口にする。

今度はいつどこでなにを見られたのか。でも、赤ジャージ姿の城之崎とは数回顔を合わせて話をしたが、制服姿の城之崎とは極力関わらないように過ごしている。学校でも塾でも会話はしないし、並んで歩くこともない。前に一緒にレコードショップの近くの喫茶店で話をした日が最後だし、あれを誰かに見られたとも思えない。だから、噂になんてなるはずがない。

うはは、と颯斗は笑うと思っていた。

けれど、颯斗はなにも言わない。

「……どうした？」

首を傾げて颯斗に訊くと、一瞬目を逸らす。

前とはまったくちがう反応に、いやな予感が体に走る。

「当たらずとも遠からず、って感じだな」

颯斗はそう言ってポケットからスマホを取り出し、操作をはじめる。

「おい、話の途中でスマホいじんなよ。なんだよ気になるだろ」

「これ」

おれの文句を遮り、颯斗がスマホの画面を見せてきた。

「実、あんまりクラスメイトと連絡先交換してないから届いてないだろ。まあ、知ってても実には送れなかったかもだけどさ。俺も直接見てもらおうと思って送れなかったし」

「……なんだ、これ」

颯斗のスマホを両手で摑み、まじまじと確認する。

そこには、一枚の写真が映し出されていた。

「SNSにあげられてた写真。見たやつがどんどん広げてるっぽい」

赤ジャージを着た城之崎と制服姿のおれが写っている。昨日、塾のある駅で城之崎に絡まれてしまったときのもの、だと思う。ちょうど駅が写っているので、間違いないだろう。

おれと城之崎が向かい合って立っている写真に、城之崎の顔をアップにして切り取っている写真も重ねて配置されていた。そしてそこには。

『これって城之崎じゃね？』

という文字が書かれている。

「これ、誰が？」

「さあ？　そこまでは俺も知らない。俺とつながってないやつっぽくて、友だちが教えてくれただけだからな」

弾かれたように顔を上げて、城之崎の姿を探す。

教室に、城之崎はいない。

この写真ははやくても昨日の夕方以後に拡散されたはずだ。なら、まだ城之崎の耳には入っていないだろう。城之崎はおれ以上にクラスメイトと交流がない。スマホを持っているかどうかもわからないくらいだ。

クラスメイトがこそこそとおれに視線を向けていることに、今はじめて気づく。もしかしたら朝から噂されていたのかもしれない。颯斗に教えられるまで、気づかなかった。城之崎も教室の空気を察するタイプではないので、なにも知らないにちがいない。

けれど、このままではまずい。

もうすでに噂は広まっている。そのうち必ず城之崎の耳にも届くはずだ。

でも……今さらおれになにができるのだろう。

そもそも、おれはどうしたいと思っているのか。

スマホを握る手に力が入る。

城之崎の秘密がまわりにバレたところで、おれにはなんの関係もない。応援はしようと思ったけれど、それとこれとは別の話だ。こういうリスクがあることくらい、城之崎だってわかっていたはずだ。秘密にしたい理由だって、ヒーローは正体を隠すべきだとか、そんなしょうもないことだろうし。

けれど。

バレたかもしれない、と顔面蒼白になって震えていた城之崎が蘇る。

このことを知ったら、あのとき以上の衝撃を受けるだろう。

だめだ。それは、だめだ。

なにがだめなのかわからないけれど、だめだと思う。

「これ、返すわ」

スマホを颯斗の手に握らせて、同時に腰を上げた。

城之崎を探さなければ。一刻もはやく、いつどこでこの噂を耳にしてしまうかわからないから、とにかく、今すぐ城之崎を見つけなければ。

「実、やっぱり知ってたんだな。実らしいな」

颯斗がおれを見上げて呟いた。口の端を、やさしく引き上げている。

「……教えてくれて助かった、颯斗」

「ならよかった」

休み時間はもうすぐ終わる。おそらくトイレかどこかに行っているだけだろうから、そろそろ戻ってくるはずだ。床を蹴って廊下に出ようと足を踏み出したとき、ちょうど、城之崎が教室に入ってきた。

一瞬で駆け寄って、城之崎の腕を掴む。

「え？　な、なに」

「いいから、ちょっと付き合え」

「いや、授業はじまるんだけど？」

「いいから、黙ってついてこい」

城之崎を引きずるようにして廊下に向かう。状況が把握できない城之崎はさすがに抵抗を見せるけれど、おれの頑なな態度に少し力が緩んだのがわかった。

今、城之崎の顔を見ることはできない。

おれがどんな顔をしているのか自分でもわからない。

城之崎にはまだ、なにも気づかれてはいけない。腕をがっしりと掴んで前だけを見て足に力を込めた。

「どうしたの」

なにも言わずに、今はとりあえずついてきてくれ。

わずかでもひとの視線を集めないように、素早く静かに立ち去らなければ。

廊下に出る。

走らず、歩く。

けれど——それができたのは教室からわずか一メートルほどだった。

「なにしてんの、ふたりして。授業はじまんぞー」

反対側の出入り口からちょうど教室に入ろうとしていたのか、木内の声が聞こえてきた。ここで木内に見つかるなんて、あいつの興味を引いてしまうなんて、運がないとしか言いようがない。

誤魔化さなければ、と思うのになにも浮かばなかった。ここは早急に立ち去るしかないのだが、木内の視界から逃げるなんて無理なことだ。

「授業さぼってヒーロー活動でもすんのか？」

ちょうどさっき知ったんだけどー、と木内が笑って叫んだ。

その声をきっかけに、まわりから「やっぱりそうなの？」「あれまじだったんだ」「どういうこと」という声が聞こえはじめる。

摑んでいる城之崎の腕が、まるで棒になったかのようにかたくなった。ぐっと引き寄せようとしても、びくともしない。地面にがっしりと固定された銅像みたいに、城之崎は動かない。

「……城之崎」

おそるおそる振り返る。

城之崎は目を見開いて、おれを見ていた。

「どう、して」

震える声に、体が締め付けられる。喉が苦しくなる。熱くて、痛くなる。

「……写真が、出回った」

なんとか絞り出したおれの声は、自分でも驚くほどか細かった。ちゃんと城之崎の耳に届いたのかわからないくらい、小さかったと思う。

けれど、城之崎はおれの答えに、今度は雲になったみたいに体から力を抜いた。でろりと腕が垂れ下がり、がくりと首を折る。

「行こう、城之崎」

とりあえず今はこの場を離れるべきだ。

城之崎、ともう一度呼びかけて腕を引く。その力に城之崎が再び顔を上げた。なんらかの反応があるだけで、ほっと安堵のため息が漏れる。けれど、おれを見る城之崎の表情には、絶望が浮かんでいた。

それは、かつて見たことのあるものだった。

小学生のときの、篤哉がおれに見せたものだった。

今、はじめてわかる。あのときの篤哉はただ、おれに見捨てられてショックを受けたから絶望したわけではなかった。あの瞬間、篤哉の世界が壊れたんだ。自分の世界がガラガラと崩れ落ちる衝撃に、篤哉は襲われていたんだ。

今の城之崎のように。

ヒーローに憧れて、誰かのために自分を犠牲にして立ち向かい、正義を信じてやまなかった城之崎の世界が、城之崎が大事に守っていた世界が、崩壊しはじめた。

城之崎の目は、光を失って、揺れている。

小さく、顔を左右に振る。おれを見ているのに、城之崎の目にはなにも映っていないのがわかるほど、焦点が定まっていなかった。

そして。

おれの手を振り払ってその場から駆け出した。

「城之崎！」

いつだって、おれはなにも、誰も、守れない。

あっという間に小さくなる城之崎の背中に、自分の無力さを痛感する。

名前を呼ぶだけで追いかけることもできない間抜けなおれが、廊下に取り残される。

おれだって、戦えるなら戦いたい。守れるものなら守りたい。

そうしたかった。

でも、やっぱりそれができないのが、おれなのだ。

4 そして、少女は世界を諦めた

城之崎聖良が、毎日ヒーロー活動をしている。

その噂は瞬く間に広がった。というかおれが颯斗に聞いた時点ですでにそこら中に広がっていて、そのときまでよくおれの耳にも城之崎の耳にも届かなかったなと思うレベルだ。

「今日一日浮かない顔して」

カフェの閉店後洗い物をしていると、祖母がぽつりと呟いた。おれに言っているのだと理解したのは、顔を上げて祖母と目を合わせてからだ。

「さっきお客さんに、きみはいつも笑顔だねって褒められたけど」

手を泡だらけにして否定する。接客に問題はなかったはずだ。

「接客中もそんな顔してたら、すぐに帰ってもらってたよ」

「厳しいな」

「そりゃ、あたしの店だからね」

おれと同じように手を動かしながら口も動かす祖母が、ドヤ顔で言う。

まあ、たしかにそのとおりだ。

「友だちとケンカ？　それとも親とケンカか？」

「なんでケンカって決めつけてんだよ。どっちもちがうし」

なにもないよ、と言葉を続けようと思ったけれど、口にしなかった。祖母はおれになにかがあったことを確信しているから、ちがうと言ったところで嘘だと一蹴されるだろう。

でも、本当になにもないのだ。

おれには、なにも起こらなかった。

ヒーロー活動をしていることが噂になっていることを知った城之崎は、逃げ出した後、そのまま戻ってこなかった。

幸い、と言えばいいのか、あの城之崎があの赤ジャージヒーローだった、という衝撃的な内容のおかげで、一緒に写真に写っていたおれはそれほどひとに好奇の目で見られることはなく静かに一日を終えた。颯斗によれば、おれと城之崎の関係はなんなんだと気にしているひともいるらしいが、それはどうでもいい。それよりもおれが過去にマコトマンだったことがちらほらと話に出ているほうが問題だ。けれどそれも、小学生男子と女子高生はまったくちがうからか、話題に出る程度ですんでいるようだ。地元の、小学生男子がひとりで動ける範囲でしか活動してなかったから、知らないひとも多いのだろう。

つまり、おれはたいした被害は受けていない、ということだ。

だからといって城之崎のことを気にせずにいるのは無理な話で、学校が終わってすぐに城之崎を探しに靴箱に入っていたメモの駅に向かった。城之崎の連絡先を知らないため、それしか探す方法がなかったからだ。

もちろん、いないだろうとは思っていた。だから、駅前に城之崎の姿がないことに驚きはしなかった。

そして、それ以上おれができることはなにもなかった。

明日から城之崎はどうするのか、学校で城之崎はどんなふうに振る舞うのか、まったく想像ができず次の日学校に着くまでずっと落ち着かない気分だった。

けれど、城之崎はいつもどおり、学校に来た。

おまけに、いつもどおりまわりになんの関心もないような冷めた表情で席に座って授業を受けていた。こそこそと誰かが城之崎の話をしているのが聞こえていても、無反応だったし、木内がからかってもしらーっとした表情で過ごしていた。

どうやらおれは、城之崎をみくびっていたらしい。

いやいやまじかよ、と思い、ひとのあまりいないところで城之崎に声をかけたけれど「なに」と相変わらずの対応をされたくらいだ。もちろん、塾も休まず通っている。

体を小さく縮こませることもなく、背筋を伸ばして過ごしている城之崎は、かっこよかった。一日で自分を取り戻せるのは、すごいとしか言いようがない。

さすが城之崎だ。あいつの芯の強さを尊敬する。そのくらいじゃないと、あんなふうに心底正義を信じられないか。そりゃそうか。

と、思っているのだけれど……なんとなく腑に落ちないのは、あの日から一週間、一度も靴箱にメモが入っていないからだ。

おれと一緒に写真に写っていたから、ひとりで活動するようになったんだろうか。しばらく休んでいる可能性も考えられる。けれど、あんなにも正義を信じて行動していた城之崎がそんなことをするだろうか、とも思う。

気にしても仕方のないことだ。

むしろ無理やりヒーロー活動に連れ出されなくなったのだから、あとはお好きにどうぞと忘れてもいい。

なのに、ふとしたときに城之崎のことを思い出す。

そして、なんとなく気分が沈む。

その繰り返しだ。

「そういえば、言い忘れてたけど、この前この店を訪ねてきたひとがいただろ」

祖母の声に、ぼんやりしていた頭の中の焦点を合わせていく。

「そんなひといたっけ？」

「店を探してるって、あんたが案内して連れてきたひとだよ」

その説明に、ああ、と思い出す。城之崎が先に声をかけて、けれど断られて、かわりになぜかおれが案内することになったひとか。行きたい場所がたまたま祖母の店だったから、だけれど。

「あのひとが、あんたにお礼を言ってたよ」

「なんでおれに」

声をかけられたから連れてきただけだ。あらためて祖母に言付けされるほどのことをしたわけではない。あの日のお礼で十分だ。

あのとき、自ら声をかけた城之崎のほうが、お礼を言われるにふさわしい。

この前、塾で出会った、いじめられていた少年もそうだ。

おれは、城之崎とちがって、ヒーローでもなんでもない。

お礼を言われるような人間じゃない。

「おれじゃなくて、城之崎に言うべきだ」

みんなそうすべきだ。関わり合いがなくとも。城之崎のような馬鹿馬鹿しくて痛々しいヒーローがこの世界に存在することに。噂にしてバカにするのではなく。

小さな声で付け足すと、祖母がじっとおれの顔を見つめてきた。

「なに」

「あんたのその浮かない顔、この前店に来た女の子が原因だろ」

「——っ、な、なんで」

「あんた、本当に嘘がつけないんだね。カマかけただけなのにそんな反応されたら心配になるよ。そのうち誰かに騙されたりするんじゃないか」

弾かれたように顔を上げると、祖母が心底呆れたように言った。あからさますぎた自分の反応に気づいて恥ずかしくなる。

ぐぎぎと奥歯を噛んで「うるさいな」とそっぽを向く。

がしゃがしゃとさっきよりも荒っぽく食器を水切りカゴに並べる。「割ったらバイト代から差し引くからね」と祖母が笑いを噛み殺したような口調で言った。

「っていうか、あの子が一時期噂になってた子なんだってね」

「なにが」

「海で溺れた子だろ」

なんで知っているのかと訝しむと、

「この店には噂好きのお客さんも多いから」

と、おれの考えたことを見透かしたように祖母が言葉を付け加えた。あれほど広まった噂の中心人物だ。城之崎のことを覚えているひともそりゃ多いか、とため息をつく。こんなふうに噂はひとからひとに広がっていくんだな。

「あの子の家も噂が絶えないらしいねえ。あの子の母親は昔、稀に見る天才だって言われてたんだよ。それが急に非行に走るなんて、ひとは見かけによらないって話してたよ」

「下世話なひとたちだな。出禁にすれば？」

どこまで本当かわかりゃしない。伝達ゲームのような噂のどこに真実があるんだか。それを祖母に伝えた客にも、おれに言ってくる祖母にも、腹が立ってくる。

「噂って胸糞悪い」

「あんたはほんと、融通が利かないね。噂を情報として受け止めればいいんだよ」

「ひとのことを笑って話しているひとから聞く噂なんて必要ないだろ。そもそも噂なんてなんの信憑性もないんだから」

良くも悪くも。

真実は捻じ曲げられる。

悪い噂が本当の場合でも嘘になったり、嘘の場合でも真実になったりもする。

本当にいじめをしていた人間でも、してない、という噂にかわるくらいに。

「それはそれ、これはこれ。火のないところに煙は立たないんだから」

結局、祖母も噂好きのひとりだったのか。噂になるのはなにかしらの問題があるからで、だから仕方ない、と言われているようで、不快だ。

「それに、あの子が海で溺れたのは紛れもない事実だろ」

「それは……そうだけど……」

「こういう小さな町でこういう店をやってるといろんな情報が入ってくるんだよ。たかが噂だけど、情報として聞けば、そこそこ役に立つ」

　役に立つ噂なんか存在するのだろうか。

　暇つぶしに利用するためだけにしかないと、おれは思う。真実がどうかは関係ない。信じることも疑うことも、する意味のないものだ。

　そんな考えが祖母には透けて見えたのか、「そういうところが両極端だ」と苦笑された。

「ああ、潔癖（けっぺき）って言ったほうがいいかもね」

「意味わかんないんだけど」

　最後のお皿を洗い終えて、そばにあったタオルで手を拭（ふ）く。

「あんたがマントを捨てたのは、誰かの汚（きたな）い部分に触れたからだろ？」

　体が小さく反応する。けれど、かろうじてさっきのようにわかりやすい行動は我慢することができた。

「切り捨てずに取捨選択をすればいいのに。噂は噂だと、しょうもないと思っていても、耳を塞（ふさ）がずに、ただ聞き流せばいいんだ」

「なんのちがいがあんだよ、それ」

「そこに真実はなくても、噂になった、っていう情報は手に入る。その程度でいいんだよ。信じてなくても知っている、っていうだけ」

いまいち理解ができない。

「ま、そこが実のいいところでもあるんだろうけどね。でも、すぐに諦めるところは実の悪い癖だね。あんた今、友だちもいなさそうだし」

「……うるさいな。話すやつくらいいるし」

今は片手で数えられるくらいだけれど。遊びに行ったり連絡を取り合ったりすることもないけれど。

「ほんっと、あんたはややこしい性格してるね。あんなに熱意を持ってマントを羽織って町を走り回ってた子と同一人物とは思えないよ」

「その話はもういいよ」

恥ずかしい過去を思い出させないでほしい。

片付けは終わったし、さっさと帰ろう。このまま店にいたら、祖母に訳のわからないことと恥ずかしいことを言われ続けるにちがいない。そう思ってエプロンを取る。

「なにがあったか知らないけど、あの子を守るヒーローにでもなれば？」

「なれねえよそんなもん」

「ならない、じゃなくて、なれないからやんないの？」

重箱のすみをつつくような嫌みを言われて、思わず祖母に鋭い視線を向けてしまう。けれど、祖母は「孫がこわいこわい」とちっともこわがってない様子で肩をすくめるだけだった。完全にバカにされている。

「あんたは、ずーっと怒ってるね」

「べつに怒ってねえだろ」

自慢じゃないが、おれは誰かに怒るようなことは滅多にない。今みたいにイライラすることはあるし、城之崎にもなんだこいつと文句を言ったこともあるけれど、怒りとはちょっとちがう。

「怒りを諦めで隠してるから気づかないんだよ。喜怒哀楽は人間に必要な感情だけど、諦めるっていう感情は不必要なんだよ」

その言葉に、なぜか体が震える。

なに言ってんだ、と思うのに、言葉にできない。それどころか、視線が彷徨い、妙にバツが悪くなる。

「諦めが悪いくせに諦める癖がついてるその性格、そろそろ直しな。じゃないとコーヒーなんて一生淹れさせてやらないからね」

祖母はそう言って、おれを追い出すように「仕事終わったならさっさと帰りな」とひらひらと手を振った。

＋――――＋

授業が終わると、城之崎はこれまでと同じように誰よりも先に教室を出ていく。その背中を眺めるのが最近のおれの癖になっているらしい。城之崎の姿が見えなくなってから、いつもはっとする。

城之崎のことを気にしすぎだ、おれは。

噂のせいだ。噂が城之崎にどんな影響を与えたのか、まったくわからないからだ。わからないというか、なにもかわっていないだけ、なのかもしれないけれど。その可能性が高いけれども。

城之崎の様子はなにもかわらない。ならばおれも、噂のことなんか気にせず城之崎の秘密を知る前に戻ればいいだけだ。城之崎に振り回されることもなくなったのだから、なにも気にする必要はない。

そうわかっているのに、なかなかそれができない。

はーあ、とため息をついて気持ちを切り替えてからかばんを背負う。今日はこれから塾だけれど、そこそこ時間がある。どこでなにをして時間を潰そうか。駅前のファストフードでのんびりするか、塾の自習室で勉強をするふりをしながら音楽を聴くか。

そんなことを考えながら教室を出ようと足を踏み出すと、突然目の前にひとが現れた。あっ、と小さな、けれど驚いた声を発したのはおれではなく相手で、それは城之崎だった。

目が合う、けれど城之崎がすぐに視線を逸らし、おれの横を通り過ぎて自分の席に向かう。机の中を探る様子に、なにか忘れ物をしたのを思い出し戻ってきたのだろう、とわかる。

いや、わかるけど、一言、ごめんとかなんか、ないのかこいつは。

おれも言ってないけど。

「あ、城之崎、ちょうどいいところにいるじゃん」

しゃがむ城之崎に、木内が声をかける。おれの位置からは、城之崎の背中しか見えないので、城之崎がどんな表情をしているのかはわからない。数人の友人と一緒に教壇に集まっていた木内が、そばにあった教卓に体重を預けて身を乗り出した。

「こいつの家の近くに不審者が出るんだってよ。城之崎ならなんとかできるんじゃね？　ヒーローなんだろ？　あの格好で不審者をやっつけてよ」

ぶはは、と笑いながら言う。そばにいる友人も「無理に決まってんじゃん」「やめなよ」と言いながら笑っている。

ほんと、しょうもない男だな、木内は。

面と向かって城之崎にその話題を出すのは木内だけだ。陰でこそこそ話しているのを見るのはあまり気分のいいものではない。かといって堂々と言えばいいってものでもない。ましてバカにするなんて、ただの嫌がらせだ。木内にとってはただの冗談なんだろう、とわかっていても、端（はた）から見れば同じだ。

「城之崎はさー、あの格好でなにと戦ってんの？」

無視をされても木内はしつこく話しかける。「誰かを助けてるだけでしょ」とかわりにそばにいた木内の友人が返事をした。

「それだけであんな格好するかー？　悪の組織がいるんじゃねえの？　オレらみたいな一般市民は知らないだけで、世界征服を企（たくら）むやつらがさ」「いるわけねーだろ」「バカじゃん」

教室に木内たちの笑い声が響き渡る。

うるせーなと舌打ちをして、城之崎に視線をちらりと向ける。忘れ物を見つけたのか、彼女は一冊のノートを手にしてすっくと立ち上がり、それをかばんに入れた。木内たちのほうを見ていないのは、うしろ姿からわかった。

相手にする必要がない、と思ったんだろう。

おれも同じ気持ちだ。

ひとの噂が娯楽であるやつらには付き合わなくていい。反応すれば、この話題はもっと楽しくなる、と勘違いをして調子に乗り、雑草みたいにしつこく根付く。無視するのが一番だ。無視していればそのうち、飽きて、忘れる。そして、風化する。

そういうものだ。城之崎もそれがわかっているから、なにも言い返さず、これまでと同じように日々を過ごしているのだろう。

木内たちの顔を一瞥して、教室を出た。そしてイヤホンを耳に装着して、「ほんと、くだらねえ」と独り言つ。

とろとろと廊下を歩くおれを、城之崎が追い越した。背筋を伸ばして前だけを見ながら大股ですたすたと歩く城之崎の背中は、芯のある城之崎の強さをよく表していた。

追いつくわけにもいかないので、より一層歩く速度を落として靴箱に向かい、城之崎がすでにいないのを確認してから靴を履き替える。

城之崎はヒーロー活動を再開させたのだろうか。

――おれに、なにも言わずに。

なんてことを考えるのは、バカげている。

昇降口を出ると、ちょうど城之崎が校門を出ていくところだった。

城之崎は、そこで足を止める。すると、背中をしゅんと丸めた。いつも前だけを見ていた城之崎の目には、今、きっと地面が映っているだろう。

うしろ姿でもわかるその様子に、おれの足も止まる。

誰かを待っているのか、城之崎は動かない。

まさかおれを、と考えてみたが、それにしては、城之崎の様子がおかしい。

無意識に、イヤホンを耳からはずしていた。騒がしかったベースやドラム音が消えて、静寂(せいじゃく)に包まれる。

「城之崎」

思わず、名前を呼ぶ。

独り言のように小さな声だったのに、おれと城之崎は十メートル以上離れていたのに、なぜか、城之崎は振り返った。

目を丸くした城之崎は、その直後、眉間(みけん)にぎゅっと皺(しわ)を寄せる。

なんで、そんな顔をするのか。

手を伸ばされたわけじゃない。なのに、摑(つか)まないと、という思いに駆(か)られる。

ふらりと、足が前に出る。

「城之崎?」

二度目の呼びかけは、どこからかやってきた車のエンジン音にかき消された。城之崎の目の前で止まった白い車から、「聖良」と城之崎を呼ぶ声が聞こえてくる。城之崎はいつの間にか前を見ていて、その車の助手席のドアに手をかけた。城之崎の横顔は、さっきの表情は見間違いかと思うほど、凜(りん)としていた。

目を凝(こ)らすと、助手席に乗り込む城之崎の奥に、ひとりのおじいさんが座っているのが見える。おじさん、という年齢かもしれない。女性でないことは間違いない。おれにわかったのはそれだけだった。

城之崎を乗せた車は、すぐに走り去っておれの視界から消える。

城之崎がおれを見ることはなかった。

「車で迎えに来てたのって、誰?」

塾が終わってすぐに、城之崎に声をかけた。

「そんなこと訊(き)くためにわざわざわたしのクラスに来たの?」

教室から出てきた城之崎は、ドアの前に立っていたおれを一瞥してそのまま通り過ぎていく。そのあとをついていきながら「いつも電車だっただろ」と話を続けた。

正直言えば、おれもこんなことを訊くためにわざわざ城之崎に話しかけるなんてバカじゃねえの、と思う。けれど、訊かずにはいられなかった。

「っていうかさ、塾にも車で来てたよな」

気になって仕方なかったのは、それを見てしまったから、でもある。

実際気になっているのは、車のこと、ではなく、城之崎が一瞬見せた表情のほうだ。それが、車での送り迎えと関係しているのかどうかは、おれにはわからない。

でも、無関係だとも言い切れない。

だっておれは、なにも知らないから。

結局そのことばかりを考えて、今日の塾での授業はなにも頭に入ってこなかった。このままでは家に帰っても明日になっても悶々（もんもん）としそうだと思ったのだ。

かといって話しかけてもいいものかと悩んだ。塾に友人もおらずひとりで過ごしているおれの耳にも、城之崎の噂は聞こえてくる。が、学校よりもマシな印象がある。おそらく、だけれど、城之崎が学校と大差ない態度で過ごしているのもあるだろう。そう思い、意を決して城之崎のクラスの前で待ち伏せをした。

多少視線は感じるけれども、これなら許容範囲内だ。

「なあ、城之崎」

「祖父。最近送り迎えしてくれてるの」

　返事をするまでおれがうしろをついてくると思ったのか、そっけない物言いだったけれど、城之崎が振り返って返事をする。

　なるほどそういうことか、と思うと同時に、なんで、という疑問が浮かぶ。

「最近っていつから？」

「……鈴森くんに関係ある？　女子高生の夜道を心配して送り迎えするのは、それほど珍しいことでもないでしょ」

「でも、これまではしてなかっただろ」

　なんだか、以前と立場が逆だな、と思う。

　前は、いつもおれが城之崎にあれこれ言われて振り回されていた。でも、今はおれが城之崎に食い下がっていて、彼女は鬱陶しそうな顔をする。けれど、どこかすがっているようにも見えるのは、どうしてだろう。おれの勝手な思い込み、という可能性が高いのはわかっているけれど、やっぱり放っておけない。

「これまでしてなかったら、しちゃいけないの？」

「じゃあ、送り迎えしてもらってるあいだはもう、ジャージは着ないのかよ」

　家まで車で帰り、家から車で塾に来る。ということは、これまでヒーロー活動をしていた時間、家にいるということだろう。

「もうやめた」

城之崎はぴたりと足を止めて、間を空けてから言った。

「……は？」

「もうやめたの。あんなことは」

「なんで」

再び歩きだした城之崎のとなりに並ぶ。

「バレちゃったから。バレたら意味ないでしょ」

城之崎は前を向いたまま答えた。

城之崎らしい返事だ。けれど、城之崎らしくない。

自分が傷ついても誰かを助けるのだと、言っていたのでは。おれがなにを言っても、揺らぐことのなかった強い意志がそこにはあったはずなのでは。

しばらくのあいだだけ、ヒーロー活動をしないのだと思った。それですらおれは若干の不満を抱いていた。けれど、城之崎は、やめたと言った。それは、もう二度とヒーローにはならないということだ。

城之崎にとって、自分が傷つくことよりも、正体がバレるほうが大きな問題なのだろうか。いや、その程度の気持ちだった、とはどうしても思えない。

無言でいるおれになにを思ったのか、城之崎が視線を向けてくる。けれど、それにもなんの反応も返せない。

目の前にあったエレベーターを無視して、城之崎は階段に向かって進む。ひとができるだけ少ない場所を選んでいるようだ。

「やっぱりヒーローは、正体がバレたらだめでしょ？」

城之崎は、至極当然のように言う。

「おじいちゃんにもおばあちゃんにも、心配させちゃったし」

「心配？」

「そりゃあ……するでしょ、普通。孫が変なことして注目浴びたら。理由はちがえど、今回で二度目だし、神経質になるのも仕方ないよね」

淡々と話している。けれど、それが異様だった。

城之崎が自分のしていたことを自分で変なこと、と言ったことはまあいい。自覚があったのに驚いたが、まあそれはいい。

けれど、二度目とはどういう意味だろう。昔の、海での事故が一回目なのだろうか。

だとしても、やめる理由に、城之崎の気持ちはなにも含まれていない。

仕方ない、という言葉は、城之崎はまだヒーロー活動をしたいと思っているから出てくるもんなんじゃないのか。

「城之崎はそれでいいのか？」

「いいと思ったから、やめたんじゃない」

こつんこつんと革靴のヒールで階段を叩くように下りていく。

ならどうして、城之崎は俯いているのか。背中が、丸まっているのか。

「そうしたほうが、いいの」

「なんだそれ。おれは、それでいいのかどうかを訊いたんだけど」

投げやりな口調に聞こえて、思わず食い気味に突っ込んでしまった。

「やめたくないんじゃねえの」

「そんなこと言ってないでしょ」

「城之崎のじいさんとばあさんのために、やめたくないけどやめるようにしか聞こえないんだけど。心配はかけるかもしれないけど、一度話してみれば？」

「するわけないじゃん。話したってなにもかわらないし」

「やってみなきゃわかんねえだろ。城之崎は学校では優等生で、これまでなんの問題も起こしてないんだから。それに、悪いことをしてるわけでもない。変は変だけど」

人間関係には問題はあるが。

でも、それでも、城之崎はなにも間違ったことはしていないと思う。噂になるような、かなり特殊な、やばい趣味ではあるが。危なっかしい面もあるが。

「鈴森くんだってわたしのことバカにしてたのに?」

「……それは、そうだけど」

「怪我しそうになったわたしを否定したのに?」

「それとこれとは別だろ」

「自分だって、やめたくせに?」

「それは」

返事をしかけて、止まる。

目を見開いて城之崎のほうに顔を向けると、彼女は立ち止まっておれに歪な笑みを向けていた。

「昔、マント羽織って、ヒーローとして活動してたのに、やめたよね」

なんで、城之崎がそれを知っているんだ。

おれは、城之崎が引っ越してくる直前にマントを脱いだ。なのに、なんで。いやそれよりも、おれがヒーローごっこをしていたことを、城之崎はなんで知っているんだ。

いや、それだけならいい。けれど。

「わたしが溺れていたとき、近くにいたよね。マントを羽織ってたよね」

足元が、崩れ落ちていくような感覚に襲われる。

目の前に、あの日の海が広がる。

海面で必死にもがいていた小さな手が、見える。

あのとき、溺れていた少女と一瞬目が合った、ような気がした。

それは、気のせいじゃなかった。城之崎はあの瞬間、おれの姿をしっかりと見ていた。そして、あのときの少年がおれだということも、知っていた。

いったいいつから、そのことに気づいていたのか。

指先が冷えて震える。まるでおれが溺れているかのように、息苦しくなる。

「この町に来てから、あのとき見たマントの子を探したけど、もう、いなくなってた。それって、やめたからでしょう？　前に友だちを見捨てたって言ってたけど、それが理由でやめたんじゃないの？」

「それ、は」

おれはなんて言えばいいのだろう。

おれを責めるような、おれに怒っているような、そんな城之崎の鋭い視線を直視できずに視線が彷徨う。

溺れる城之崎に気づきながら、見て見ぬふりをした。そのことに対して、おれは謝るべきなのだろう。

でも、あのときのおれは小学生だった。小学生のおれには、溺れている城之崎に手を差し伸べることはできなかった。海の中に飛び込む勇気は、なかった。

そんなふうに自分を正当化する。

そんな自分にまた、幻滅する。

「自分だってやめたくせに、なんでわたしはやめちゃだめなの」

だめなんて言っていない。

でも、本音を言えば、だめだと思っているのは間違いない。

城之崎に言われてはじめて、自分の気持ちに気づく。

「逃げたからやめたんでしょう？　やめて逃げたんでしょう？」

篤哉の手から、そして、城之崎の手から、おれは逃げた。

ふたりの手を思い出すと、心臓に突き立てられたナイフをぐりぐりと捻られているような痛みに胸が苦しくなる。顔が歪んで、視界が霞んでいく。

けれど、目の前にいる城之崎も、なぜか泣きそうな顔をしていた。

今のおれよりも苦しんでいるように映り、ますます体が締め付けられる。

おれの数段下にいる城之崎は、おれを睨んでいる。なのに、なにかを訴えて、手を伸ばしているように感じる。

でも、今のおれにはなにもできない。

「自分は逃げたくせに、なんでわたしはやめちゃだめなの」

そのとおりだ。あの日、おれは逃げた。なのに、今こうして城之崎がヒーロー活動をやめるのを阻止しようとしているだなんて、勝手すぎると自分でも思う。

「自分ができなかったからって、かわりを押し付けないで」

城之崎の瞳が、涙で滲んで揺れていた。

その理由は、かつてのおれの行動に傷ついているからなのだろう。

黙っているおれを、城之崎は冷たい視線で刺す。その衝撃に階段でバランスを崩しそうになってしまう。まるでそれを狙っていたかのように、城之崎は再び階段を下りていく。さっきよりも力強い足取りで、おれを置いていこうとする。

「ちょ……」

慌てて足を動かし追いかけようとする。

追いかけてなにを言いたいのかもわからないのに。

言い訳したいのか、それとも謝りたいのか、もしくはただ、放っておけないだけなのか。おれはいったいなにがしたいんだ。

「城之崎」

ビルを出る城之崎の背中に呼びかける。

と、城之崎の目の前にひとりのおじいさんが横から現れる。

「遅かったな」

「っ、あ、ご、ごめんなさい、階段で下りてきたから」

おじいさんに話しかけられた城之崎は、静かに謝る。

今日城之崎を学校まで迎えにきたひとと同じひとだ、と思う。ということは、城之崎の祖父か。まだ六十代だろう。おれの祖母よりもはるかに若いのは間違いない。

なんとなく足を止めて城之崎とおじいさんの姿をうしろから眺めていると、おじいさんはちらりとおれに視線を向けた。

「誰だ、知り合いか？」

「ちがう。ただ、高校が同じなだけ」

不審そうな顔をしたおじいさんに、城之崎はおれのほうを見もせずに答えた。もしかしてヒーロー活動をからかっているやつだと思われたのでは。さっきの城之崎の話では、心配しているみたいだったし。

ここは、否定したほうがいいのか。

でも、城之崎の背中は、おれに話しかけるなと訴えているように感じた。

「まさか彼氏とかじゃないだろうな」

「ちがうよ。名前も知らないひとだし」

「母親のようなことはしないようにしろよ。まったく、目を離すとなにをするかわかんないのは母親と一緒なんだから」

母親のような、という言葉になぜかおれはひやりとする。

城之崎はどういう反応をするのかと思ったけれど、なにも言わなかった。

「母親といい、聖良といい、危なっかしいんだから」

おじいさんの口調は、決して厳しくはない。

けれど、どこか、冷たさを孕んでいる。

「知らないあいだに変なことをするくらいだしなあ」

「ちょっと、遊んでただけだって言ったじゃない。もうしないから」

「あんまり心配させるようなことはしないでくれよ。恥ずかしいんだから」

わかってるよ、と城之崎は返事をしながらおじいさんと歩いていった。

ふたりの姿が見えなくなっても、しばらくおれはその場から動けないでいた。

胸に残る違和感の正体を、必死に探し続けた。

今の会話は、なんだったんだ。

いや、おかしいことはない、と思う。でも、なにかが、変だ。

「あの子が、あの赤いジャージのヒーローだったんだってね」

「……っ、な、なに」

横から突然話しかけられて体が飛び跳ねる。

「なにぼーっとしてたの」

「急に話しかけんなよ。っていうか、おれに話しかけんなよ」

となりにいた人物――篤哉の顔を見て、顔を顰める。

「ぼくらが小学生のときに噂になった〝海で母親に殺されかけた子〟も、あの子だったって、最近友だちに聞いたよ。実の友だちだったんだ」

「城之崎はべつに、友だちじゃねえよ」

「じゃあ、その城之崎さんのとなりにいたのが、一緒に暮らしてるっていう彼女のおじいさんかな」

「おれの話を聞けよ」

なんでどいつもこいつもおれの話を無視するのか。

篤哉はおれの発言も表情もまったく気にしていないというように「ねえ」と話を続けた。

「実は、城之崎さんを助けたいんでしょ」

なんでそんなことを平然と言えるのか。

「そんなこと思ってないし、そもそもなにから助けるんだよ。っていうか話しかけんなって言っただろ」

「ぼくもよくわかんないけど、実が気にかけてるってことは、そうなのかなって」

だからおれの話を聞けって。

ひとりで話を進める篤哉につい、舌打ちをする。

さっきまでなにを考えようとしていたのか、わかんなくなったじゃねえか。

「おれがそんなことするわけないって、篤哉が一番知ってんだろ」

篤哉を置いて、足を踏み出す。うるさい篤哉の声を遮るために、イヤホンを取り出す。前にきっぱりと拒絶したはずなのに、篤哉はなんで話しかけてくるんだ。

「実だからしようとするだろうし、成し遂げるだろうってことなら、ぼくは一番よく、知ってる」

「は？」

「実は、ヒーローだったから」

「なに、言ってんの」

「ぼくにとっては、実は昔からずっとヒーローだったから」

意味がわからない。

なにがあってそう思うのか、おれにはさっぱりわからない。

怪訝な顔をするおれに、篤哉は「たぶん、実は実が思ってるよりも、ちゃんとヒーローだったんだよ」と言葉を付け足して笑った。

「なにを――」

「うおーい、篤哉、帰ろうぜ」

なんの話をしているのかと問い詰めようとしたところで、篤哉が友人に呼ばれた。「うん」と友人に返事をして「じゃあね」とおれから離れていく。

「おい、意味がわかんねーって」

「自分でもう一度振り返って考えたらわかるよ。実は理想が高すぎるんだよ」

「はあ？　ちゃんと説明しろよ」

「友だちと帰るから、また今度ね」

またっていつだよ。もうおれは篤哉と話をしたくないんだっつの。

おい、と立ち去る篤哉に呼びかけたけれど、ひらひらと手を振られただけだった。むしろ篤哉のとなりの友人のほうが「いいのか？」とおれを気にかけていたくらいだ。

もうなにもかもがわからねえ。

なぞなぞみたいなことを言うなよ、あいつは。

「あー、もう！」

ひとりになって髪の毛をガシガシとかきむしり、むしゃくしゃした気分で塾を出た。頭の中が城之崎のことや篤哉のことでいっぱいで、考えがまとまらず騒（さわ）がしい。そのせいで音楽を聴く気分でもなくなってしまった。

家に帰ると、すでにダイニングテーブルにはおれの晩ご飯が用意されていた。

「ただいま」

「あ、おかえり」

台所にいる母親に声をかけると「ちょうどお味噌汁(みそしる)あたたまったところだから」と言っておれに座るように言った。リビングのテレビの前では、父親が缶ビールを片手にぼーっとしている。帰宅したおれを振り返り、「勉強お疲れ様」とほんのり顔を赤くして笑った。

「お酒飲んでるの珍しいな」

「今日はしばらくやってた仕事がひと段落したから、お祝いだ」

ふふーんと父親が上機嫌で答える。

普段、父親は家でお酒をあまり飲まない。お酒は好きだし弱くもないのだが、外で飲むのがいいのだと言って、家にはビールの買い置きもない。家ではのんびりテレビを観(み)たり音楽鑑賞したり本を読んだりしたいのに、お酒を飲むと眠くなるからいやだとも言っていた。

「もうずーっと飲んでるのよ、今日。飲むとなると際限なく飲むんだから」

母親が呆れながらぼやく。ま、たまにはいいんじゃないかと父親のフォローをしてイスに座った。箸を持ち、目の前に並ぶ晩ご飯を口に運ぶ。

「また不倫だってよ」

ニュース番組を観ながら父親が呟いた。テレビを観ると、アイドルと結婚した俳優が、フラッシュの中で頭を下げている画面が映っている。

「なんで世間に謝るんだか」

「手っ取りばやく噂を収拾させるためだろうな。謝ったからこれで終わり、にしたいんだろ」

「ひとんちの家庭の事情にいちいち騒ぐ世間のほうがおかしいと思う」

「そんなこと言いだしたら元も子もないだろ。エンターテイメントだよ、エンターテイメント。もちろん、誹謗中傷はよくないけどな」

けらけらと笑う父親につい、顔を顰めた。

ついでに不倫をしたという俳優に質問を投げかける記者にも。奥さんに悪いと思わなかったんですか、なんて、そんなこと聞いてどうすんだよ、と思う。悪いと思っていたらじゃあなんでしたんだ、ってなるし、思っていないと答えたら火に油を注ぐことになる。

「誠実で好感度が高いひとだったのにねえ」

母親がそばにやってきて会話にまじった。

「このひとの父親も不倫してたんじゃなかった？」

「あーそうだったな。だから余計にいい旦那アピールしてたのになあ」

両親のワイドショーネタにうんざりしながらご飯を食べる。芸能界のスクープも町に広がる噂と大差ないなと思っていると、母親が「あの五丁目の桑原さんの奥さんも不倫してたらしいけど」という話をしはじめた。誰だよ、桑原さんって。

もういいよ、そういうのは。

そう言って話を遮ろうとしたとき、

「関係ないことだからどうでもいいけど、でも、恥ずかしいだろうね」

と母親がしみじみした顔で言った。

「世間にしろ近所にしろ、まわりに自分の夫か妻が不倫してたなんて広まるのよ。私だったらいやだわ。ショックよりも恥ずかしい」

「まあなあ。内容にもよるけど、不倫は恥ずかしいか」

ふたりの会話から、ふと城之崎の祖父が言っていたセリフが蘇った。

――『あんまり心配させるようなことはしないでくれよ。恥ずかしいんだから』

あのひとの言っていた〝恥ずかしい〟は、おそらく、城之崎のヒーロー活動のことだろう。

「なにが、恥ずかしいの？」

無意識に口が動き、両親に尋ねる。

「なにって、世間に私は不倫されましたーって知られるのよ。したほうが好奇の目にさらされるのは自業自得だから仕方ないけど、巻き込まれるのはいやでしょ」

そういうものか。まあ、わからないでもない、けれど。

城之崎の祖父母も、城之崎の噂に巻き込まれて恥ずかしい、ということか。

「母さんや父さんは、おれが、昔噂されていたとき、恥ずかしいと思った？」

「は？　噂？　そんなのあったか？」

父親が振り返り、真っ赤な顔を捻る。本当になにかわからないらしい。

それほど酔っているのか、と思ったけれど、母親もなんの話かわからないのかきょとんとした顔をしていた。

箸先で鶏肉を突きながら「マント羽織ってさ」と小声で説明をする。なんでこんなことを自分の口で言わなくちゃいけないのか。

おれにとっては恥ずかしい思い出だ。今まで考えたことがなかったけれど、両親にとってもそうだった、かもしれない。

「ああ、あんたのヒーローごっこ？」

おれの説明に母親がはっとして手を叩いた。

「え？　なんでそれを私が恥ずかしがるの」

そして、おれの質問に不思議そうな顔をする。

「じゃあ、心配は？」

「それはあったかな。あんた誰にでも話しかけるし、今のご時世、なにがあるかわかんないからね。実際、怪しいひとと仲良くしてたでしょ」

「ああ……まあ」

「あのひとはいいひとだったみたいだからよかったけど、そうじゃないひともいるだろうから、それは親としては多少心配よね」

なるほど、と心の中で呟く。

そういう意味なら、たしかにわからないでもない。あの頃のおれは学校が終わったら日が暮れるまで、ひとりでマントを羽織って町をうろうろしていた。幸いだったのは、この町の狭さのおかげで、見知らぬひとがあまりいなかったことだ。母親の言う〝怪しいひと〟も、たしかにいいひとだった。たぶん、この町で最も、いいひとだった。おれ以外の誰も、そんなふうには思っていないだろうけれど。

城之崎の祖父は、母親と同じ理由で〝心配〟という単語を使ったのだろうか。

おれと城之崎の状況はまったくちがう。おれは小学生で、城之崎は高校生だからだ。高校生は、それなりに自分で考え、判断できる歳だ。その歳でヒーロー活動をすることに対して、大丈夫かよ、という意味での心配かもしれない。

「……おれが今でも続けてたら、心配してた？」

さすがにこの質問は想像していなかったのか、母親は目を瞬かせてから、腕を組んで考え込む。うーんと唸ってから、

「学校やめて朝から晩まで人助けをするとか言いだしたら将来を心配するけど……そうじゃないなら、まあ、ちょっとかわった子だなと思うだけかな」

その返事に、今度はおれが目を瞬かせる。

「それだけ？」

「それ以上どう思えばいいの。親だから将来の心配はするけど、最低限ちゃんとやってくれてるなら、止めるようなことでもないでしょ」

「じゃあ、恥ずかしいとかは？」

「噂になるだろうから、なにも思わないわけじゃないけど。でも本人が恥ずかしがってないなら、親が恥ずかしがってもねえ」

まるで他人事のような話し方だ。でも、思い返せば、両親はおれがヒーローごっこをしていることに対して一度も否定するようなことは言わなかった。普段は口うるさい母親も、マントを羽織って家を飛び出すおれを「行ってらっしゃい」と見送

り、帰宅後も「ちゃんと宿題はしなさいよ」と言うだけだった。やめてほしいと言われたことはない。

「じゃあ……恥ずかしいのはなんでだろ」

ぽつりと呟くと、「実は恥ずかしいの？」と首を傾げられた。

「いや、おれじゃないんだけど」

それだけの返事で、母親は気づいたらしく「あー、城之崎さんちのお孫さんのこと？」と名前を口にする。そばにあったイスを引いて、おれの目の前に腰を下ろした母親は「スーパーでおばあさんが喋ってたよ」と頬杖をついて言った。

「スーパーって」

「車で十五分くらいの、赤い看板のスーパーよ。あの店の魚が一番いいのよね」

それはどうでもいいが。

買い物をするとき数軒のスーパーをまわる母親は、スーパーごとにいろんな噂を耳にするらしい。特に小さなスーパーは井戸端会議が盛んだと、そんな話もしはじめた。

いや、それもどうでもいい。

「先週くらいに、城之崎さんのおばあさんが孫が正義の味方のような真似事をしていて恥ずかしい！　って大声で話してたのよ」

そう言って、自分で噂振り撒いてるなあって思ったのよねえ、と母親が言葉を付け足す。

城之崎の祖父母のことを、母親が知っていることにも驚く。学区はちがうが狭い町なので、どこかで出会っていてもおかしくはないけれど。

「先週って、そんな前に？　おれにはなにも言わなかったじゃん」

おれが一緒に写真に写っていたことまで知っているのかどうかはわからないが、城之崎がおれと同じ高校に通っていることは知っているはずだ。なのに、今の今までそんな話は出てこなかった。

「実、噂話きらいでしょ。でも、私、結構噂に詳しいのよ。初対面の相手と話すのに噂ってそれなりに役立つのよ、この町では。どこで誰とつながるかわかんないしね」

「噂なんか役立たねえだろ」

「この狭い町で無知でいたら、なにが地雷かわかんないのよ。噂を信じるんじゃなくて、情報よ情報。初対面でもその情報があれば、避けるべき話題とかわかるじゃない」

祖母もよく似たことを言っていた気がする。

情報、ねえ。知らなくてもべつに問題ないと思うけどな。

「噂を知ったうえで、そのひとと接すればいいだけ。偏見とかじゃなくてみんなそんなもんよ。中には同情してお節介をやいたり、相手を攻撃したりする面倒なひともいるけどね」

「そうだとしても、噂されるほうはたまったもんじゃないだろ。さっきの誰々さんの不倫とか」

「知ってたら、『最近旦那さん元気？』とか、うっかり訊かないですむじゃない」

コミュニケーションツールのひとつよ、と堂々と胸を張る母親に、ちょっとだけなるほど、と思った。

「なにもしなくても耳に入ってくるから、適度な距離で付き合わないとだめなのよ。ひとども噂とも」

「おとなも大変だな」

「子どももね。いつでも大変なのよ、人付き合いってのは」

母親もいろいろあるのだろうか、しみじみと言う。おれにはわからないおとなたちの世界があるのかもしれない。

父親はおれと母親の会話が聞こえていないのか、テレビを観てけらけらと笑っている。いつの間にか画面はニュースではなくバラエティになっていた。もしかしたら、父親にもいろいろあるんだろうか。会社も、ひとの集まるところだもんな。

「城之崎さんのおじいさんとおばあさん、あの夫婦もねえ。悪いひとじゃないけど、厳しいひとだからねえ。あのひとたちには、ヒーローみたいなことするのは恥ずかしいのかもしれないね」

そばにあったお菓子の入っているカゴから小袋を手にして母親は独り言のように小さな声で言った。この町出身の母親は、城之崎の祖父母のことをよく知っているようだ。

「あの夫婦、そうとう、厳しいみたいだからね。その女の子の母親はこの辺じゃ神童だって噂になってたんだから。模擬テストとかでもいつも上位だったし」

「え、まじで？　あ、でも城之崎も頭はいいか」

そういえば祖母もなんか言ってたな。

城之崎の母親のことはよくない噂しか知らない。それにおれは、溺れる城之崎を無視していた姿を見ているので、神童だったなんてまったくイメージができない。

へえ、と間抜けな声を出して、口の中でご飯を噛み潰す。

「私なら、ヒーローに憧れてそうなろうとしてるのは、小学生でも高校生でも、誰かを傷つけようとしないだろうな、って安心するかな。ま、ひとそれぞれだから、城之崎さんが悪いとも思わないけど」

母親が言うと、お酒でいい気分になっている父親も「俺の息子がヒーローになるなんて自慢しかないな」と言った。これまで反応がなかったのは、聞こえていなかったわけではなかったようだ。

恥ずかしいと思っていなかったことにはほっとしたが、自慢とまで言われると、複雑な気持ちになる。

――『やめたくせに』

――『逃げたからやめたんでしょう？　やめて逃げたんでしょう？』

城之崎の言葉が蘇り、奥歯を嚙む。

「じゃあさ」

言葉を続けると、「実、今日はよく喋るね」と母親に突っ込まれた。普段、一言も話さない、というわけではないが、世間話は母親からの質問に答えるくらいで、あとは部屋にこもって音楽を聴いているからだ。

今日は、そういう気分になれない。

かわりに、塾の帰りからもやもやとした想いをどうにか処理したくて、こうして母親にいつもなら言わないことを口にしてしまうのだろう。

「おれがヒーローごっこやめたときは、がっかりしたんじゃねえの？　篤哉のクラスの、あの件のこととか……」

「べつに」

即答されて、「あ、そ、そうなんだ」と拍子抜けする。

小袋の煎餅をくわえて割った母親は、

「私ががっかりするからって継続させるのもおかしな話でしょ」

「まあそうなんだけど」

なんか、こういう会話をしていると、母親は祖母に似ているなと実感する。結構、割り切った考えというかなんというか。

「実がやめようと思った理由も、わからないでもないしね。ちゃんと聞いたことはないけど、あの頃あったことを考えれば理由はなんとなく、想像できるよ」

「そっか」

「でも、私は実がしたことは間違ってないと思っているから、堂々とすればいいのに、とも思ってるけど」

そこまで言ってから、「ああ、あと」と母親は言葉を続ける。

「実が諦めてたわけじゃないから、ってのもあるか」

「なにそれ」

「なにそれって、実はヒーローごっこをやめただけでしょ」

母親は、自信満々の目をしていた。

たしかに、おれはやめた。それはつまり諦めたということだ。そのはずなのに、なぜ。

ぽかんとしているおれに、母親は怪訝な顔をする。

「自覚なかったの？　実はあのあともずっと、誰かを助けてるでしょ。今も、この話をするのは、その城之崎さんを助けたいからじゃないの？」

なんで、と声に出したはずなのに、ただ、口が動いただけだった。喉が、ひりひりして、うまく声を発することができない。

「マントを羽織らないし、自分から困ってるひとを探しに行かないだけでしょ。迷子の子を何度も警察や迷子センターに案内してたし、落とし物は絶対拾うじゃない。我が子ながらいい子だわって思ってるもの」

それはただ、目についたから手を貸しただけだ。声をかけられたから。それを無視するのは気持ちが悪いから、最低限のことをしただけ。迷子の子の親を一緒に探したりはしない。落とし物も、持ち主を探すことはない。

おれがするのは、誰かにあとを任せるだけだ。

――いつだって、そうなんだ。

そしてそれは、ちっともヒーローなんかではない。

だって、なにとも戦っていない。

でも、それでも、おれのしていたことは、まわりにはヒーローのように映っていたのだろうか。

おれは、ヒーローを諦めていなかったんだろうか。

諦めなくても、いいんだろうか。

「……バカじゃねえの」

額（ひたい）に手を当てて呟く。高校生にもなって、なにバカげたことを考えているんだ。城之崎のことをイタイとかやばいとか言える立場にないじゃないか。

今さらだ。ヒーローなんて無理なんだ。幼い子どものただの夢だ。

なのに。

――『実は、ヒーローだったから』

篤哉はなんであんなことを言ったのだろう。

救いを求め、そして、絶望した篤哉の目を、おれは覚えている。あのあと、おれと篤哉は一度も言葉を交わさなかった。おれもだけれど、篤哉もあきらかに、おれを避けていた。

なのに、どうしておれのことをヒーローだと言えるんだろう。

――『ぼくにとっては、実は昔からずっとヒーローだったから』

昔からずっと、というのは、今も、ということなんだろうか。

今にも泣き出しそうな顔をしておれを責めた城之崎の顔が浮かぶ。そして、祖父が現れたあとの、どこか、覇気のない声が何度も蘇る。

しばらく目を瞑って、思考を整理しようとする。けれど、いろんな感情がまじり合って、絡まって、解けなくなった毛玉みたいに丸い塊になり、気分が重くなる。瞼の閉じられた視界には、これまでの様々なものが浮かんでは消えていく。

篤哉の顔とか、海面の手とか、まわりの視線とか。

城之崎の赤いジャージとか、平然とした顔とか、歪んだ表情とか。そして、再会した篤哉の微笑みに、母親の自信満々な眼差し。大切にしていた赤いマントに、柵を飛び越えてやってきた偽物のヒーロー。彼は、おれに深々と頭を下げてくれた。

感情と映像で、頭がいっぱいになる。

情報過多で気持ち悪くなってきた。

なんでこんなことになったんだ。頭がいっぱいいっぱいになってきて、むかむかしてくる。

このままじゃ、この先おれはなにもできない。きっと眠ることさえできない。

——このままじゃだめだ。

テーブルに手をついて、そっと立ち上がった。

「ちょっと、出かけてくる」

「こんな時間に？」

「すぐ帰ってくる」

ごちそうさん、と言って玄関に向かい、そばにあった自転車の鍵(かぎ)を手に取った。スマホ持っていきなさいよ、とリビングから母親が叫んだので、ポケットを確認する。

自転車に乗れば、十分もかからない距離だ。

すぐ戻る、と母親に返事をして玄関のドアを開けた。

「……実くん？」

チャイムを鳴らすと、篤哉の母親が出てきた。

「久しぶりです。突然、こんな時間に、すみません」

時間はすでに十時を過ぎている。非常識なおれに、おばさんは「いいのいいの」と昔とかわらず目尻(めじり)を思い切り下げて、おれを家の中に招いてくれた。篤哉とよく似た目元が、懐かしく感じる。

お邪魔します、と頭を下げて玄関に入ると、母親の声が聞こえていたのか、篤哉が階段を下りてきた。おれを見て、「ど、どうしたの実」と目を丸くする。

「話、したくて」

「え、あ、うん。いいけど。えーっとぼくの部屋に行く？」

うん、と頷(うなず)いて篤哉のうしろをついて階段を上がる。

　小学校時代、ヒーローごっこしない日はこうして篤哉の家によくお邪魔していた。晩ご飯まで食べさせてもらったこともある。

　篤哉の部屋は階段を上がってすぐの右手にあった。どうぞ、と促(うなが)されて中に足を踏み入れると、小学校のときとは雰囲気がかわっていた。昔は学習机だったけれど、今はおしゃれなＰＣデスクになっているし、カーテンも車のイラストがプリントされていた記憶があるが、今は薄いグリーンの無地になっている。壁際の棚に本がびっしり並んでいるのはかわらないが、背表紙を見ると昔よりも小難しそうなものばかりだ。

「シンプルだな」

　無意識に口にしてしまい、その言葉を拾い上げた篤哉が「ものが多いとぼくは整理できないから」と苦笑した。

「実の部屋は、相変わらずものが多いの？」

「まあな。ポスターも飾ってるし、ＣＤもめっちゃあるし」

　整理整頓(せいとん)が好きなわけではないが、お気に入りのものだけがある部屋の中はそれなりに統一感があり、ごちゃついているが汚くはない、はずだ。

おれが篤哉の家にお邪魔した回数ほどではないが、篤哉も何度かおれの家に遊びに来ている。そういえば「実の部屋はおしゃれ」とよく言っていたなと思い出した。好きなものを好きなように集めて飾っているだけなのだが。

座ってて、と篤哉が再び階段を下りていく。レイアウトのかわった部屋は篤哉の部屋ではないみたいな気がして、落ち着かない。そわそわと本棚を眺めていると、篤哉がグラスをふたつ手にして戻ってきた。それをベッドのそばにあるサイドテーブルに置いて、部屋の真ん中に移動させる。篤哉が座ってからおれも篤哉の正面に腰を下ろした。

「で、どうしたの急に」

「篤哉がわけのわかんねえこと言うだけ言って去っていくから……気になって仕方なくなったんだよ」

拗ねたように答える自分に、自分で恥ずかしくなった。

「なにがわけわかんなかったの？」

「だって、おれは、篤哉を見捨てただろ」

「そうだね。ぼくもあのときはそう思ってたよ」

篤哉は、グラスを手にして口をつけてから、

「でも、そうじゃなかっただろ」

とおれに笑いかけてきた。

「あいつが転校したのは、実が、先生に話したからだろ」

びくりと体が小さく反応する。

いつから知っていたのか。あれほど先生には口止めしたのに。動揺を隠すことができないでいると、篤哉はにやりと片頰を引き上げた。

「やっぱり」

「……カマかけたのかよ」

「ほとんど確信してたけど。でも、そうかもなって思ったのは、結構経ってからで、それまでは、実に裏切られたと思い込んでた」

満足げな篤哉の表情に、舌打ちをしてそっぽを向く。

おれの知っている篤哉はこんなことをするやつじゃなかった。でも、あれから七年だ。部屋のように篤哉自身もかわるのは当たり前だ。

たしかに……あの転入生が引っ越したのは、おれが先生たちにいじめのことを伝えたからだ。

もちろん、すぐに対応してくれたわけじゃない。クラス内からの報告がなければ、先生もクラスのちがうおれの発言を信用するのは難しかったと思う。ヒーローごっこでおれの評判は悪くなかったが、それとこれとは別だったらしい。

恐怖に包まれていたクラスメイトは、先生がひとりずつこっそり呼び出して話を聞いても、その事実を口にしなかった。そんなことをしているあいだも、篤哉へのいじめは続いている。そこで手っ取りばやく先生を現場に連れていったり、担任だけではなくほかの先生にもほんのりといじめをにおわせるようなことを言ったりした。もちろん、それも簡単だったわけじゃない。転入生におれのしていることがバレたら最悪の結末になるとわかっていたので、かなり慎重に動いていた。

なんとか先生たちに転入生の振る舞いを直接確認してもらうことができ、そのあとは一気に事が進んだ。

あの転入生が以前の学校でも同じようにいじめをしていたことも関係していたのか、気がつけばあっという間にあいつの姿は学校から消えた。表向きは〝家庭の事情〟で引っ越したことになっている。

でも、おれがしたことはただ、先生に訴えただけだ。先生たちのあいだでどう話がまとまったのかは知らない。先生に訊くこともしなかったし、先生がおれに報告することもなかったからだ。転入生の親とも話し合いが行われたのだろうが、その辺もおれは一切関わっていない。

結果だけを考えれば、おれは篤哉を助けたことになるのかもしれない。

でも。

「裏切ったのは間違いないだろ」

あのときのおれは、そんなことを考えて逃げ出したわけじゃない。

ただ、こわくて逃げたのだ。

あの瞬間のおれは、ヒーローなんかではなく、ただの臆病者だった。

「実がどう思ってても、ぼくはヒーローだと思ってるんだから、いいじゃん」

「なんだそれ。そんなわけあるか。お人好しかよ」

「実はなにがそんなに納得いかないの」

肩をすくめた篤哉に、むしろおれが篤哉に訊きたいと思った。おれの行動のどこがヒーローなんだと。あの瞬間、篤哉が傷ついたのは間違いないのに、なんでそれをなかったことにできるのか。

「おれは、逃げたんだぞ」

「ヒーローは逃げちゃだめなの？」

「そりゃそう、だろ」

心底わからないかのように首を傾げられて、つい、言い淀んでしまう。それに対して、篤哉は愉快そうに目を細めた。

「たしかにさ、立ち向かっていくヒーローってかっこいいと思う。昔の実はそんな感じだったよね。正義のために悪と戦ってた。ま、悪っていっても些細なものだったけど」

かっこよかったよね、と言われて、返事に困る。

あの頃はおれも自分は悪と戦っていると思っていた。でも、篤哉の言うように、おれのしていたことは些細なことだった。

クラスでちょっと悪口が聞こえたら注意をする。ケンカしている犬猫がいればそこに割って入った。道ばたでゴミを捨てるひとを追いかけたこともある。倒れているひとに声をかけたり落とし物を拾ったり、重たい荷物を持っているひとを手伝ったりもしていた。

当時の、小学生のおれにできることはたかが知れていた。体も小さく力も弱いおれが、本当に誰かを助けることができていたのか疑問だ。

なぜあんなにも自分に自信があったのか不思議でならない。思い返せば羞恥に悶えたくなるほどだ。

「そういう意味では、あの日逃げた実は、ヒーローじゃないんだろうね」

「……そうだよ。そう言ってんだろ」

答えながら、逃げ出した先で泣いたことを思い出す。

脳裏に篤哉のショックを受けた顔が焼き付いていて、思い出すたびに苦しくなった。助けたいのに、それでも踵を返して救いに行く勇気が出なかった。あの理不尽な暴力に立ち向かえる強さが、おれにはなかった。

次の日も、その次の日も、授業が終わると篤哉の教室に行かなくちゃいけないと思った。

でも、結局おれは踏み出せなかった。

——そんなおれにできたことは、おとなを巻き込むことだけだった。

自分にできないことを認めるしかなかった。おとなならなんとかしてくれるんじゃないかと、すがるしかできなかった。おまけに、おれが告げ口したことが転入生にバレたらどうなるのか考えるとこわくて、先生たちには内緒にしてほしいと何度もお願いした。

なんて、卑怯（ひきょう）で、臆病なのか。

逃げ出して、陰で泣いて悔（くや）しがるヒーローなんているはずがない。

ヒーローなら、あのとき篤哉の手を掴んだはずだ。

かわりに殴（なぐ）られることになったとしても、篤哉のために戦ったはずだ。

テレビで見るヒーローはいつも、無謀なほど、どこにでも駆けつけた。傷だらけでボロボロになっても、歯を食いしばって立ち上がった。自分を信じ戦い続けた。

偽物のヒーローも同じだ。

あのひとはいとも簡単に柵を飛び越えてやってきてくれた。おれの声を聞いて、おれと倒れたおじいさんのために駆けつけてくれた。まわりのひとたちに屈することなく、言い返した。

思い返せば、あのときからおれは、自分自身でなにかを乗り越えて手を差し出したことがないのだ。おじいさんを心配しつつも、あの偽物のヒーローのように「なに言ってるんですか」と口を挟むこともできなかった。

もともとおれはそういう性格だったのに、調子に乗って、マントを羽織って、自分はヒーローになれるんだと思い上がっていた。

「本当のヒーローなら、きっと、どんなときも立ち向かえるんだろうと思うよ。身を挺して戦ってくれる。傷だらけになってもさ。いじめを見て見ぬふりするのは、いじめているひとと同じって言うし」

篤哉は当時のことを思い出しているのか、表情に陰りを見せた。おれのこと、だけではなく、あのとき目を逸らしていたクラスメイトのことも頭に浮かんでいるにちがいない。

「でも、正義や悪って、結果論なんだよ」

「どういうことだよ」

「思い出すと悔しいし苦しいから、あのときのクラスメイトと仲良くしようとは思わないけど、でも、みんなのその罪悪感のおかげで、ぼくは今いじめられてた過去から目を逸らすことができてるんだよね」

篤哉は「誰も、あのときあったことを話さないから」と言葉を付け加えた。

「後ろめたいからか、いじめの話はほとんどしないんだよ。だから、ぼくがいじめられてたことを知っているひとは、今ぼくのまわりにはほとんどいないんだ」

なるほど、とは思ったけれど、それがなんだ、と疑問に思う。おれの疑問を察した篤哉はくすりと笑う。

「いじめられたことをあまり知られずにすんだのは、見て見ぬふりしたクラスメイトと、逃げた実のおかげだよ」

「ポジティブがすぎるな」

思わず反射的に口にする。

ぷはっと篤哉は噴き出して「そうかも」と言う。くすくすと肩を上下させてる篤哉に呆れてしまう。

「小学校を卒業するまでは苦痛で仕方なかったけどね。それまではまわりも、実のことも、きらいでこわかった」

「そりゃそうだろ」

自分のことも含めてきらいだと言われたことに安堵するのもおかしな話だけれど、ほっとする。だってそうじゃないといけない。最低なことをしたやつのおかげだなんて言葉は、受けいれられない。

少なくともおれは、自分はもちろん、あのとき見て見ぬふりした同級生を、許せない。

「でも、ぼくは今、楽しく過ごしてるんだよ」

「それは、よかった……けど」

「だからって、あの頃のクラスメイトと友だちになろうとは思わないし、実とも、元の関係には戻れないと、思う。なかったことにできないから、なかった頃には戻れない」

うん、と素直に、自分でも驚くほど素直な気持ちで頷いた。

おれが言える立場じゃないのはわかっている。けれど、おれも同じ気持ちだからだ。万が一、篤哉に、今はもう気にしていないから友だちに戻ろう、と言われたところで、おれはそれを受けいれることはできない。

あの日のことを、おれが忘れられないからだ。

今も、これからも。だから、以前のように接することはできない。

おれの返事に、篤哉は少しだけさびしそうに眉(まゆ)を下げる。

その表情に、今度はおれが眉を下げてしまう。そんな顔をしないでほしい。

グラスのお茶で喉を潤してから、「でもさ」と篤哉は気を取り直した様子で話を続けた。

「一度は逃げたとしても、実はそれでもどうにかぼくを守ろうとしてくれた。実は、かっこいいヒーローじゃないかもしれない。でも時が経ってぼくは、そんな実のことを、やっぱりかっこいいなと思うんだ」

やさしい、あたたかい声がおれを包む。

あんな目に遭ってもそんなことを言える篤哉のほうが、おれにはかっこいいと思う。ひとにやさしくできる強さを、篤哉は持っている。

「実はいつもそうだった。無理だと思っても、なんとかしようとする。自分だけでなんとかしようとせず、まわりに助けを求めることができる。どんなときも、恐怖で逃げても、諦めても、それでも戦う気持ちをなくさない」

篤哉の言葉に、あの日の自分が救われていくのを感じる。

救われたからって、自分を許すことはできない。でも、ちょっとは頑張ったのかもな、とほんの少しだけ自分を褒めることができる、そんな気持ちにさせてくれる。

「そんな実にぼくは昔から憧れてた。その気持ちは、ヒーローに憧れる気持ちと同じだなって、思った。だから、ぼくにとって実はヒーローなんだ」

篤哉はそう言って朗らかな笑みをおれに向けた。

――『誰でも、ヒーローになれるんだよ』

かつておれにそう言った偽物のヒーローがいた。子どもながらにそんなわけあるかよ、と心の中で思っていた。でも、おれはなれると、そう思ったのも事実だった。

正義を、善を、突き進むことができるひとがおれにとってのヒーローだった。

そして現実に打ちのめされてマントを脱いだ。けれど。

――『実は理想が高すぎるんだよ』

もしかしたら、本当に誰でもヒーローになれるのかもしれない。それぞれが、誰かにとって。みんなにとってのヒーローでなくとも。たったひとりにだけ、だとしても。

おれも、そうなんだろうか。

これまで一瞬たりともヒーローだったと自分では思えないけれど。

おれは、誰かのヒーローになれるんだろうか。

――城之崎の。

膝(ひざ)の上でぐっと拳(こぶし)を作る。

烏滸(おこ)がましい考えをする自分を罰するかのように、唇を噛んだ。

思い出せ、と自分を叱咤(しった)する。あのときも、おれは同じように思った。転入生がいなくなったことで、ほんの少しおれは自分に自信を取り戻すことができた。おれのしたことは意味があったんだと思えた。

そしてもう一度ヒーローとして立ち上がろうとした。

でも、そのあとどうなった？

「おれは、城之崎のことも、見捨てた」

忘れるな、忘れてはいけない。自分に言い聞かせるように声を絞り出す。

「こんなこと今さら言うのもダサいけど、おれは、本当はもう一度ヒーローになって悪と戦おうと思ったんだよ」

篤哉をいじめていた転入生は自分のおかげでいなくなった。そう信じて、篤哉から目を逸らして逃げた日から封印していたマントを羽織り、再びヒーローになるつもりだった。

そこで、おれは溺れる城之崎と出会った。

目の前で溺れる城之崎に、おれはなにもできず、ただ恐怖を感じていた。

「でも、無理だった。おれは、また、逃げた」

「よくわかんないけど、それって、結局ぼくのときと同じなんじゃないの？」

たしかに、おれはあのとき全力で走って、おとなに助けを求めた。歩いているひとに声をかけた。それだけを見れば城之崎を助けたと言えるかもしれない。

でも、篤哉のときと同じで、踵を返したあの瞬間、助けなければという思いだったわけじゃない。

ただ、こわくて逃げたのだ。

そしてなによりも——。

「実は今も、自分にできることを探してるんだな」

篤哉の言葉に体を震わせてから、そっと視線を持ち上げる。

「そのために、会いたくないぼくの家に来たんだろ？」

胸の中でなにかが暴(あば)れている。ずんずんと、体を震わせるような低音が体の中で鳴り響いている。そして、もうひとりのおれが、叫んでいる。

なにかを。

そのなにかから、目を逸らすように立ち上がった。

5

いつか、少年少女は世界を愛せる、かもしれない

秋から冬にかわりはじめた夜の風は、冷たい。自転車に乗っているせいもあるだろうけれど、海の近くにいるから、というのも空気が冷えている理由だろう。

篤哉は、家を出ていくおれになにも言わなかった。玄関まで見送ってくれたけれど、じゃあな、も、またな、もなかった。お互いに目を合わせただけだ。

「……そういうことなんだよな」

篤哉にとっておれはヒーローらしい。けれど、ヒーローは友だちではない。おれたちは友だちには戻れない。おれにとっても篤哉にとっても、あの日の出来事をなかったことにはできないからだ。

そしてそれは、おれと城之崎にとって、七年前のあの日も、同じだ。

どんな理由があろうと、なかったことにはならない。

あのときとかわらない世界の中で、おれたちが存在しているから。

「おれに、どうしろって言うんだよ」

声を絞り出す。顔が歪んでいるのが自分でもわかる。

──『実は今も、自分にできることを探してるんだな』

──『そのために、会いたくないぼくの家に来たんだろ?』

うるさい。うるさい。

「うるせえよ」

奥歯を噛みしめながら呟くと、ギリギリと歯がこすれる音がした。

そうだ、そのとおりだ。だから、ムカつくんだ。今でも往生際悪くヒーローになろうとしている自分に。そのことに気づいている篤哉に。

街灯の少ないこの小さな町は暗闇に包まれている。耳を澄ますと波の音が聞こえてきて、それがより静寂さを際立たせているように感じる。

鼻腔をくすぐる潮の香りに引き寄せられる。

この先でなにかを掴めるようなそんな気がして、自転車のペダルを踏み込む。

どこかに行きたいわけではない。

逃げているだけかもしれない。

夜道には誰の姿もなくて、世界におれひとりのような錯覚に陥った。

その感覚が心地よく思えるのはなぜだろう。ほんの少しのさびしさはあるけれど、でも、安堵感のほうが大きい。

今、おれがマントを羽織っていたら、風に煽られたそれはバサバサと大きな音を鳴らしていただろう。

誰もいない世界なら、ヒーローになれる。

たったひとりの世界でヒーローになんてなれるわけもないのに。

でも、おれが望んでいるのはそんな世界だ。

誰もいなければ、誰かに恐怖を感じることも、失望することもない。おれはただ、自分が求めるヒーローでいられたはずだから。

「ほんと、諦めが悪いんだな、おれ」

風を受け止めながら自嘲気味に呟く。

祖母も、母親も、似たようなことを言っていた。

諦める理由はたくさん浮かぶ。そうやって諦めようとして、実際諦めた。けれど、実際のところ、おれはただ、足掻いていた。手放すことも摑むこともできない、中途半端な状態で、日々を取り繕って過ごしていただけだ。

情けねえ。

その言葉は声にならず、口の中に苦味が広がる。

眉間に皺が寄り、視界がなにかで滲んで霞んで、歪む。

ほんと、情けない以外に言葉がない。

その瞬間、ざあっと大きな波と風の音が耳に届き、意識が弾けたような衝撃を受ける。

堤防が目の前にあり、急ブレーキで自転車を止める。

おれの肩ほどの高さしかない堤防からは、夜空との境界がなくなった真っ黒な海が見えた。波がゆらゆらと揺れていて、ときおり白い水飛沫が舞っている。

溶けてしまいたくなる。

そしたら、夢にしがみつくかっこ悪い自分から解放されるかもしれない。そう思うのに足が動かないのは、やっぱり心のどこかでおれは解放されたいと思っていないからなのだろう。

潮風が肌にべっとりと絡みつく。

自転車に跨ったまま揺れる海面——それが本当に海かはよくわからないけれど——を眺めた。暴れる胸を押さえるように、服を握りしめる。

少し視線をずらすと、かつておれが城之崎から背を向けた、石積みの波止場がある。

あの場所に立ったあの日のことを、おれは今も覚えている。

一度の挫折で諦めるのはヒーローじゃないと思った。今度こそおれは立ち向かうのだと。悪に屈することはないと。もう二度とおれは逃げないと。この世界で、おれはヒーローになるのだと。

「……その直後に逃げるんだもんな」

両足を地面につけて、自転車のハンドルにもたれかかる。

逃げて、逃げて、そしてその先でおれは、心が折れた。

「ちがうんだよ、篤哉」

ぽつりと呟いたそのとき、ポケットの中のスマホが小さく震えているのに気がつく。取り出して画面を見ると、母親からの着信だった。ついでに時間を確認すれば十一時を過ぎている。

「はい」

「実？　あんたどこにいるの。すぐ帰ってくると思ったのに全然帰ってこないから心配するでしょ」

「あー、うん。ちょっと、寄り道してる。ごめん」

連絡するのをすっかり忘れていた。篤哉の家に行くと伝えていなかったのも思い出す。まだしばらく家に帰る気分にはなれないけれど、ぶらぶらしていたところで頭の中がぐちゃぐちゃなのは解消されないだろう。

「そろそろ帰るから」

部屋で音楽を大音量で流すほうがマシかもしれない。それに、両親に心配をかけたくもない。そう思って電話越しに伝えたとき、ぱしゃん、とどこかから水音が聞こえてきて、視線を向ける。

ばしゃっと、今度はさっきよりも大きな音がした。

「今どこにいるの」

母親に「海のそば」と答えながら、夜に溶けている海を見つめる。目を凝らして海面の様子を確認する。

魚が波打ち際で暴れているのだろうか。

波音とはちがう音の出どころはなんだ。

耳を澄ましながら眉根を寄せるとスマホから「実？」「聞こえてる？」「すぐ帰ってくる？」という声が届く。そのせいでさっきの音を見失った。

ちょっと待って、と言おうとして首を伸ばすと、なにかが動くのが見える。

それがひとだと気づいたのはすぐだった。波を蹴るように動く足の肌色が闇に浮かび上がる。それ以外はよく見えないので、暗い色の服を着ているのだろう。

この時季の海はもう冷たいはずなのに、なにをしているのだろう。

しかもこんな夜中に。

と、思ったとき、薄い雲に覆われていた月が顔を出し、その人影が沖に向かって進んでいることに気がついた。

なにしてんだ。この時季にまじで泳ぐつもりなのだろうか。

でも、服で？　砂浜には誰もいないので、ひとりなのだろう。ひとりで秋の夜中に海で泳ぐか？

ぐいと堤防から身を乗り出すようにして、さっきよりも目を細めて海にいる誰かを見る。誰か、は、間違いなく少しずつ沖の方に進んでいて、その足取りにはなんの迷いもなかった。

ただ、歩いている。

躊躇（ちゅうちょ）することもなければ、はしゃいでいる様子もない。

まるで海の中に目的地があるかのように。

まっすぐに背筋を伸ばして、沖に向かって歩いている。

はっとして、手からスマホが滑（すべ）り落ちた。自転車から降りて堤防に両手を伸ばし自分の体を引き上げる。スタンドを下ろしていなかったため、自転車が大きな音を立てて倒れた。

その音が海にいるひとにも届いたのか、髪の毛を揺らしてこちらに振り返ったのがわかった。

目が合った、と思った。

お互いの距離はかなり離れているにもかかわらず、顔が見えるほど明るくもない中で、間違いなくおれを見たとわかった。

——海にいるのは、城之崎だ。

なにしてんだ、あいつは。

なんなんだ、あいつは。

城之崎から目を逸らさず、堤防から砂浜に降りることのできる場所を目指して全力で走る。

「城之崎！」

階段が見えて、飛び降りる。滑り落ちそうになって階段に手をつき、勢いはそのままでもう一度ジャンプして砂浜に降りた。

ザクザクと砂を蹴るように必死で駆ける。

さっきよりもよく見えるようになった城之崎は、膝まで浸かるほど海の中を進んでいた。

「城之崎！　とまれ！」

腹から声を出して城之崎を呼ぶ。こんな声が出せたのかと自分でも驚くくらいの大きさだった。けれど、掠れた声でもあった。

城之崎がゆっくりと振り返る。

月明かりに照らされた城之崎の顔には、なんの感情も浮かんでいなかった。

もう少しで城之崎に近づけると思ったそのとき、ばしゃんと音がして自分の足が海に浸かる。冷たい海水が靴から靴下、そして肌に染みてくる。

城之崎は不思議そうに首を傾げて、再び前を向いた。

「おい！」

呼びかけに、城之崎はなんの反応も見せない。ただ幸いなのは、それ以上進もうとしなかったことだ。おれを待つように、そこに立っていた。スカートの裾が水面に浮かんで揺れている。

手を伸ばす。

でもまだ、届かない。

水の中では思うように足を進められず、水飛沫が舞う。

城之崎のだらりと落ちている手が、震えている。

靴の中に海水が入ってきて、重い。このまま引きずられてしまいそうな気がして靴を脱ぐ。海の中にそれを放置して、幾分か軽くなった足を動かす。

「城之崎！」

もう何度、城之崎の名前を口にしたのだろう。

「城之崎……！」

伸ばした手が、城之崎の手を摑んだ。

ぐいと引き寄せたおれの力は驚くほど強く、城之崎は体ごと倒れてくる。

人形のようにそこに立っていた城之崎は、傾く体を支えようともせず、ただ、虚空を見つめていた。

まるでスローモーションのように、おれの体も自分の勢いに負けて傾いていく。

夜空に、月が浮かんでいた。

まるで生きているかのように、水飛沫がおれたちのまわりに広がった。

今は夜で真っ暗なのに、なぜ無色透明のはずの水が白く見えるんだろう。

そんなどうでもいいことが頭に浮かぶ。

おれと城之崎が倒れる音は、不思議とまったく聞こえなかった。冷たい水に下半身が浸かったことにも、なにも感じなかった。

「なにしてんだよ、ほんと」

その言葉は、城之崎に向けたものか、自分に向けたものか、どちらだろう。

はーっと息を吐き出すと、幾分気持ちが落ち着いてきた。制服のまま海に入っている状態に、一気に憂鬱な気分になる。尻餅をついたのでほぼ全身が海に浸かっている状態だ。それに、かなり勢いよく倒れたせいで、水飛沫を頭から被ってしまった。つまり、全身びしょ濡れだ。ただの水ならまだしも、海水だし最悪だ。

ちらりと城之崎を見れば、尻餅をついているおれとちがって、膝から崩れ落ちたかのように座り込んでいた。俯いていて表情は見えない。

「城之崎？」

上半身を前に傾けて、城之崎の手を摑んだまま顔を覗き込む。水に濡れた城之崎の髪の毛から、ぽたんと水面に雫が落ちた。

そろりと視線を上げておれに向けた城之崎の瞳は、虚ろだった。

前髪がぺたりと額に貼り付いている。思わず空いているほうの手を伸ばしてしまう。冷たい彼女の肌が指の背に触れた。城之崎はそんなおれの行動に驚くでもなく、ただぼうっと受けいれた。

「……なにしてたんだよ」

冷え切っている頰に触れて呟く。

いったいいつからここにいたのか。どうして海の中に入ったのか。

目の前にいる、ヒーロー活動をしていたとは思えないほど弱々しい城之崎を見ていると、胸が苦しくなる。それでも、決して猫背にならないから余計だ。

城之崎は、まるで焦点を合わせるかのように数回瞬きをしてから、「海に」と小さな声で言った。それがきっかけになったのか、表情に正気が戻っていく。そして、

「海の中にある水面に映る月の世界に、行こうと思って」

ふ、と口の端に笑みを浮かべた。

なんだそれ、と言いかけて、城之崎が母親から聞いたという話のことを思い出す。

――『水面に映る月の世界を海の中で見つけた話をしてくれたの。お母さんも、

昔それを見たことがあるんだって』

　おれがなにも言えないでいると、城之崎は遠くの海を見つめた。

　城之崎の横顔は、あるはずのない世界を求めていた。そしてゆっくりと海水から手を出して、遠くに伸ばす。おれが摑んだままのもう片方の手に力が込められるのが伝わってきた

　城之崎は、変だと思う。

　高校生にもなってヒーロー活動をするようなやつだ。正義を信じてやまない、危（あぶ）なっかしい思考をしている。

　それでも、その話を本気で信じているわけではないことくらい、わかる。

「バカじゃねえの」

「……そうかもね」

　振り返った城之崎は、ふへ、と笑った。

　城之崎の笑顔はレアだ。けれど、こんな歪（いびつ）な笑顔なら二度と見ることができなくてもいい。頬が濡れているのは海水が飛び散ったせいのはずだ。けれど、もしかしたら涙かもしれない。

「その世界は、どんな感じなんだろうね」

「そんなもんねえよ」

「でも、もしかしたらあるかもしれないじゃない。知らないからってないって決めつけるのはおかしいんじゃない？」

城之崎らしい返事だなと思いながら、「その前に死ぬだろ」と答える。

「死にたかったのか？」

だからこんな時季に海に入ったのか。

城之崎はまっすぐにおれを見る。おれも城之崎の目を見つめる。無表情なのはいつものことだが、今、目の前にいる城之崎の瞳は、見つめていると吸い込まれて果てしなく落ちてしまいそうになるほど深く沈んでいた。

「まさか。そんなことわたしがするわけないでしょ」

また、ふへ、と笑う。

そして、

「ただ、その世界があるなら、行ってみたいなと思っただけ。そしたら、七年前のように、わたしの世界がかわるんじゃないかと思っただけ」

「七年前……って」

母親によって溺れる羽目（はめ）になったときのことを言っているのだろう。

その後、城之崎は母親の元を離れて祖父母と暮らしはじめた。その変化のことを言っているのだろうか。けれど、つまりそれは、今の状況をかえたいと思っている、ということだ。

死にかけた噂で、ヒーロー活動の噂をかき消したかった、とかか？

そう考えると思わず眉間に皺を寄せてしまう。

「あの話のひとりのかわいそうな少女は、お母さんのことだった」

おれの反応を見た城之崎は、ゆっくりと話しはじめた。おれがなにを考えたのか、察したのだろう。

「お母さんから聞いたわけじゃないけど、わたしがおばあちゃんたちと暮らしはじめてすぐに、親娘揃って海で溺れるなんてって、おじいちゃんが言ってたから、そうじゃないかな」

そこまで言ってから、城之崎は目を伏せる。そして揺れる海面を見下ろした。

「お母さんも、感じたんだよ、たぶん」

「……なにを」

「んー、なんだろ。暗い海の中に差し込んでくる月の光、かな」

「ロマンティックだな」

ふざけているのか本気なのか、おれには判断ができなかった。城之崎の表情からは、からかっているように感じないから、だ。

「お母さんは死のうとしたんだと思う」

「へえ……って、え？　は？」

「漫画みたいな反応するんだね。漫画なんてここ何年も読んでないけど」

目を丸くするおれに、城之崎が呆れたように肩をすくめる。いや漫画くらい読むだろ嘘つくなよ、とつまらない突っ込みをしかけて、いやいやそうじゃない、と呑み込んだ。

「どういうこと。なんで城之崎の母親が？」

「なんでだろうね」

そう言って、城之崎は膝を立てた。水の中で揺れるスカートがおれの腕に触れる。普段丈の長いスカートで隠れている城之崎の足が視界に入り、見てはいけないものを見てしまったような気分になった。

「お話、聞きたい？」

「なんの」

相変わらず、城之崎の話はあっちこっちに飛ぶ。

そういうやつなのかと思っていたけれど、わかっていてやっているのかもしれないと、ふと感じた。おれの戸惑いを無視して「お母さんの教えてくれた、海の中の世界の話」と話を続ける。

「むかしむかし、ひとりの女の子がいました」

おれの返事を待たずに、母親が教えてくれたらしい話を語りはじめる。

「あたたかなおうちに少女は両親と三人で暮らしていました。少女は両親にそれはそれは大切に育てられていました。着る服も食べるものも、おもちゃも家具も、両親は少女のために選んでいました」

かわいそうな女の子の話だったんじゃなかったのか。

とりあえず城之崎の話に耳を傾ける。

「もちろん、友だちも両親が選びました。習い事も少女の将来のためになるものだけを選びました。ペンやノートの消耗品ですら、両親が選びました。子どもはその場の勢いで、好きとか楽しいとかそんな判断しかできないから、おとなが見極めてあげないといけないと、両親は少女のために、ありとあらゆるものを選び与えました」

内容に不穏さが漂いはじめて、体が小さく反応した。

〝選ぶ〟と言っているが、それはまるで〝支配〟だ、と思う。

「そして、少女が間違ったことをしたときは、少女のためを思い、罰を与えました。少女はずっと、それを愛だと信じて、両親を信じて、すべて言われたとおりに受けいれていました。そうやって育った少女は、おとなしくてやさしい、そして賢い子に成長しました。その姿を見てまわりは褒め称え、両親は自分たちのしたことは正しかったのだと、より一層少女を愛しました」

これはいったい、なんの話だ。

絵本のような口調だけれど、内容はちっとも絵本ではない。

聞いているだけで嫌悪感が募る。

「でも少しずつ、少女は両親の愛がまわりとちがうことに気づきはじめるのです。なによりも、自分がなにをしたいのかが、なにが好きなのかが、わからないことに不安を覚えはじめるのです。少女は両親に相談しました。自分のことは自分で決めたい、と。両親はこれまでこんなにあなたを想ってしてきたのに、と信じられないとばかりに少女を責めて、そして泣きました。少女は両親に謝りました。両親の愛情に対して失礼なことを言ってしまったと頭を下げました。少女は自分が間違っていたのだと思いました」

そこで城之崎は一度呼吸を整えるように息を吸った。風が海の上を通り過ぎて、さわさわと不思議な音を鳴らす。

「その日から、少女は息苦しさを感じるようになったのです。何度も自分に、これが正しいのだ、と言い聞かせても、誰かがちがうと囁くのです。そこで少女は、なにも考えないように心を閉ざすことにしました。そうすれば、誰かの声は聞こえなくなるから。聞こえなければ迷うことがないから。そうすると、なにもかもがどうでもよくなってきたのです。テストでいい点数を取って褒められることも、ひとにやさしくして感謝されることも、両親が笑っている姿にも、怒っている姿にも、なにも、感じなくなってきたのです。そうして、生きていることも、どうでもよくなったのです」

だから。

小さな声で城之崎は言った。

「少女はある日、ふと、この世界からいなくなろうと思いました」

城之崎の視線が、空に向けられる。つられるようにおれも空を仰(あお)ぐと、月が浮かんでいた。満月でもなければ三日月でもない、歪な形の月だった。

「美しい月が光り輝く夜に、少女は海の中に入りました。冷たい海の中をずんずんと進んでいくと、感覚がなくなっていきました。だから、なんの恐怖も感じませんでした。海に沈んで苦しくなりましたが、恐怖はありませんでした。そのとき、少女は海の中に差し込む月の光に気づきました。それはとてもきれいで、キラキラと輝いていて、美しい光景でした。海の中は、驚くくらいに広くて、この中をどんなふうに泳いでもいいんだと、少女は思いました」

うっとりしたような表情をする城之崎の横顔を見つめる。

城之崎の話ではないはずなのに、まるで懐かしんでいるようだった。

溺れていたあのとき、もしかしたら城之崎も同じように感じたのだろうか。

「そのとき少女は、はじめて自由を感じました」

そう言って、城之崎はふうっと一息ついた。

「おしまい」

「海の中にある水面に映る月の世界なんか出てこないじゃん」

「鈴森くんは想像力がないんだね。その自由を感じた瞬間、少女は月が映る海の中で世界を見たんだよ。自由に溢れた素敵な夢のような世界を」

呆れたように肩をすくめられて、怪訝な顔を返す。

「その少女は……どうなった？」

おれの想像力では――少女は死んでしまったように思う。

でも、語りはじめる前の城之崎のセリフから考えると、この話の〝少女〟はおそらく、城之崎の母親だろう。ということは、死んだわけではない。では、死ななかった少女はどうなったのか。

「この話はこれでおしまいだけど、でも、じつは続きがあるの」

こてんと首を横に倒して、城之崎はおれを見る。

子どものような仕草だな、と思った。こんな城之崎は見たことがない。でも、違和感はなかった。

城之崎は、おれと同じ十七歳の、子どもなのだから。

「少女は気がつくとベッドにいて、目の前には両親がいた。心配して泣いていたけれど、なんてことをしたのかと少女を責める両親を見た少女は、今までのような息苦しさを感じなくなっていた。一度自由の世界に行った少女は、この世界でも自由を手に入れていたから。だから、少女は自由に生きることにしたの」

「自由？」

「そう、自由。真面目に大学に行くのをやめて、バイトをはじめて、親になにを言われても無視をして、まわりにかわったと言われても気にせず、自分のために生きることにした。そうやって過ごしてはじめて、恋をした」

たしか祖母や母親は、城之崎の母親のことを稀に見る天才だとか、神童だとか言っていた。なのに急に非行に走った、とも。それが、今城之崎が言っていたようなことなんだろう。それを非行と呼ぶのかどうかはわからないが。

「でも当然、両親はそれを許さなかった。相手は両親にとって信用できる相手じゃなかったみたいで、反対された。でも少女は、より自由を求めて、家を出て、そのひとと一緒になったの」

つまり、その相手が城之崎の父親、ということだろうか。

「まあ、わたしがうまれて一年くらいでいなくなったらしいから、どういうひとかはよく知らないんだけどね」

もう、御伽話の続きとして、城之崎は語っていなかった。

おれは、そうか、と小さく呟くことしかできなかった。

それ以外になにを言えばいいのかなんて、さっぱりわからない。

ただ、つながっている城之崎の手を握りしめる。

寄せては引いていく波に、おれと城之崎の体はゆらゆらと揺れる。

ここが現実だと意識していなければ、あっという間にどこかに流されるんじゃないかと、そんな感覚に襲われる。そのくらい、自分たちはちっぽけな存在だと、思えてくる。

ほんの少し気を抜くだけで海に沈んでしまうだろう。

一瞬目を瞑るだけで、体ごとどこかに流されるだろう。

そのまま溶けてなくなるだろう。

そんなわけないのに、不思議とそうにちがいないと思える。

「結局お母さんはわたしをひとりで育てることになった。誰にも頼ろうとせずに。自由を手に入れたお母さんに、自らあの家に戻るという選択肢はなかった」

それは、わからないでもない。

でも。

海の中でもがいていた城之崎の姿が脳裏に蘇る。

それを見ていた城之崎の母親も。

「本当に、やさしいお母さんだった。わたしのために必死に働いて育てようとしてくれていた。でも、ときどきすごく、こわいひとだった」

城之崎の声がどんどん小さくなっていき、かわりにおれの手をぎゅうっと力強く握りしめてくる。そして、視線をゆっくりと下に落とし、「こわかった」と呟いた。

いったい、母親は城之崎になにをしたのだろうか。

それを城之崎本人に訊くのは無神経だということはわかる。だから、おれはまた「そうか」とよくわからない返事をする。

「でもたぶん、わたしよりもお母さんのほうが、こわかったんだと思う」

「……なんで？」

「自分を苦しめたおじいちゃんやおばあちゃんみたいになっているかもしれないって、いつも怯えていた。わたしを怒るとき、お母さんはいつも、苦しそうだった」

そんなの知るかよ、と思う。

城之崎の言うようにこわがっていたとしても、城之崎に対してしたことは、許されることではない。傷つけられた城之崎が、なんで母親を庇うようなことを言うのか、おれにはまったくわからない。

「前、鈴森くんにわたしが溺れたときのことを話したでしょ？」

「あ、ああ」

「あの日、お母さんはわたしを連れて、何年も連絡していなかった家に帰った日だった。おじいちゃんとおばあちゃんに、わたしを預(あず)けようと、そう思って帰ってきたの」

それって……城之崎を捨てようとした、ということなのでは。

自分が苦痛だったはずの家に、娘を預けるとか、おかしいだろ。

「そのくらい、お母さんはこわがってたの。自分が同じような親になることを」

「まじで意味がわかんねえんだけど」

憤(いきどお)りが胸に広がり、低い声が出る。

「あの頃のわたしは、まだお母さんの過去になにがあったのか理解してなかったから、離れることでお母さんがこわがらずにすむなら、いいのかなって思った。子どものわたしから見ても、あの頃のお母さんは限界なんだと感じてたしね」

おれには、城之崎の気持ちがわからない。

おれはおそらく、幸せな家庭で育った、幸せな子どもだ。だから、傷ついているのになお、母親を庇おうとする城之崎の気持ちが、理解できない。

だからこそ、強く否定ができない。

もどかしさから唇に歯を立てることしかできない。

「でも、おじいちゃんたちは、それを受けいれなかった。ふたり一緒に帰ってくるならまだしも、子どもだけ預けるなんて、って」

城之崎は気合を入れ直すかのように顔を上げて、おれと目を合わせる。

「だから、お母さんはわたしに海の中の世界の話をしてくれたの。聖良もそこに行きたいんじゃない？　って。行ってごらんって」

「……それ、って」

「たぶん、わたしにいなくなってほしかったんだろうね」

それをわかっていて、城之崎は自ら海に入った。

たった小学四年生の子どもが、自分の足で、溺れにいった。

そしてそれを、母親は見ていただけだった。

「つな、なんでそんな平然と口にできるんだよ！」

「でもわたしはいなくならなくて、でも、さすがにおじいちゃんたちはこのままではまずいって思ったみたいで、わたしは預けられることになったの」

おれが声を荒らげても、城之崎は平然と話を続ける。

「毎食おいしいご飯が出てくるし、ひとりで留守番をすることもないし、掃除洗濯もやってくれるからいつもきれいな服を着れるし、さびしさはあったけど、いい子にしていれば前よりもいい生活だったよ」

「……だから、って……」

「まあ、おじいちゃんたちと暮らすようになって、お母さんの話が自分のことだったんだな、とか。お母さんはこんな生活だったんだな、って気づいたけどね。お母さんのことがあるからか、交友関係にはうるさかったな。スマホもチェックされてたし。友だちなんていなかったからどうってことなかったけど」

その言葉に、人前でおれと話をしようとしなかった理由がわかる。友だちがいなかったのも、わざとそうしていたからなのではないかと思った。

少しでも噂になると、一気に広がるから。

その噂が祖父母の耳に決して届かないように。

そのために、城之崎は外での振る舞いに制限をかけていたのだろう。

「お母さんはそのあと、誰かと幸せに過ごしていたみたい。わたしのことを忘れて自分勝手に無責任に生きてるって、でも、わたしの父親みたいに、そのうちほかに女をつくって捨てられるにちがいないって、おばあちゃんとおじいちゃんはしょっちゅう言ってた」

最低じゃねえか。

母親の悪口を幼い城之崎に言う祖父母もどうかとは思うけれど、でも、母親に対する嫌悪感のほうが大きい。城之崎の気持ちも知らずにどこかで笑っているのかと思うと憤りが収まらない。

「怒ってるの？」

「当たり前だろ。胸糞悪い」

おれの返事に、城之崎は目尻を下げた。

「大丈夫だよ、全部、嘘だから」

「は？」

「おばあちゃんとおじいちゃんの、嘘だったの。お母さんは毎月わたしのために仕送りをしてくれていたし、わたしの父親は不倫なんてしてなかった。いなくなったのも、病気で亡くなっただけ」

　なんでそれがわかったのかと訊けば、二年ほど前に突然、何年も音信不通だった母親が目の前に現れたのだという。じつは、母親は祖父母に二度と帰ってくるなと言われて、城之崎に会うことができなかったようだ。それでこっそり会うために、学校帰りの城之崎の前に姿を現したらしい。

　城之崎を祖父母に預けてから、母親は病院に通いはじめ、そのおかげか、母親はとても穏やかな表情をしていたのだとか。

「わたしと暮らしていたときより、幸せそうだった。わたしと離れているときに出会ったひとのおかげだって、お母さんは言ってた」

「……そう、か」

「これまでごめんって、つらい思いをさせて悪かったって、謝られた。でも、一緒に暮らそうとは、言われなかった」

言われていたら、城之崎は戻ったのだろうか。

もしかしたら城之崎も、自分でどうしたかったのかはわからないんじゃないかと、悲しみの浮かんでいない表情を見て思った。そもそも期待もしていなかったのかもしれない。

はなから期待を抱かなければ、傷つくことはないだろう。

でも、おれにはそれがなによりも、苦しく感じる。

「ねえ」

城之崎が、体ごとおれのほうを向く。

「この話の中で、悪人は誰？」

首を傾けて、心底わからないと言いたげな視線に、言葉を失う。

「お母さんをかわいそうな子にした、おじいちゃんとおばあちゃん？　ふたりの言うことを聞かなくなった、わたしに怒ってばかりだったお母さん？　それとも、亡くなったお父さん？　うまれてきたわたし？」

「それは、城之崎は、ちがう」

首を振って、否定する。

「城之崎は、悪くない。城之崎は絶対に悪くない。城之崎以外のみんなが、悪い。それぞれが、悪い」

城之崎を直接傷つけた母親はもちろんだけれど、そんな母親にしたのは祖父母にちがいないだろう。おまけに、今も同じように城之崎を支配している。父親が亡くなったのも、当然悪いことではない。でももしかしたら、生きているあいだに、城之崎が今のような状況に陥らないですむ道を選ぶことができたんじゃないかと思えてくる。もちろんそれは、たられば の話だが。

そして。

「まわりも、悪い。城之崎の母親の苦しみに気づかなかったひともいるだろうけど、気づいていたひとだって絶対いたはずだ。噂をしていたひとも、城之崎の母親を追い詰めた一因だとおれは思う」

なにかがひとつでもちがっていたら、今がちがっていたかもしれない。

「この世界のすべてが、悪い」

だから、おれはずっと、そう思っている。

城之崎は「なにそれ」と怪訝な顔をした。世界とか言いだしたことが理解できないのだろう。

しばらくおれを見つめたまま動かなかった城之崎が、ふと目を瞬かせて、

「だから、やめたの?」

と呟いた。

おれと同じようにヒーローに憧れていたからか、それとも、誰が悪いのかと考えていたからなのか、あまりに察しがいい。

「城之崎は、さっきの話で誰が悪人だと思ってる?」

「……鈴森くんと同じように、思ってる。だからわたしは」

「そう、だからおれは、ヒーローごっこをやめたんだよ」

城之崎の言葉を遮って、話を続けた。

べつに城之崎の続きの言葉を予想したわけじゃない。同じように思っているにもかかわらず、まったくちがう思考で今を過ごしている城之崎には、なにも言われたくないと思ったからだ。

防衛本能、みたいなものだ。

城之崎の言葉はきっと、おれを今よりもっと惨めにさせるだろうから。

「おれは、この世に正義の味方がいたら、ほとんどのひとが裁かれるんじゃないかと思ってるんだよ」

絶対的な悪がある。それは諸悪の根源のようなものだ。そこに群がるちっぽけな悪があって、それが大きな塊になって、悪をより強力にする。

篤哉のときに、おれはそれを知った。

少し前まで悪人にはほど遠かったはずの篤哉のクラスメイトは、悪に取り込まれた。

　そしておれもまた、その中のひとりになった。

あの中でそうじゃなかったのは、篤哉だけだった。篤哉以外の全員があのとき悪人だった。

　転入生がいなくなったあと、あんなひとだと思わなかった、最低だ、いなくなってよかった、こわかった、と篤哉のクラスメイトが言っていたのをおれは聞いた。

まるで被害者のように傷ついた顔をしていた。

でも、そいつも篤哉を見捨てたひとりだ。そのことを、微塵も後ろめたく思っていないように、おれには見えた。

　そして、なにも知らない同級生たちが、やばいやつだったんだな、と他人事のように語るのも胸糞が悪かった。安全な場所にいたやつが、知ったように話してんじゃねえよと、何度も胸ぐらを摑んで叫びたくなった。

　でも。

「篤哉を、そして城之崎を恐怖から見捨てたおれも、悪人のひとりだ」

「なにを、言ってるの？」

「あの日、おれを見たんだろ。波止場から眺めていただけのおれを」

「見たよ。そして、その子がわたしを助けてくれたって、教えてもらった」

そこまで知っていたのか、と苦笑する。だから、城之崎はおれがヒーローだったことも、そしてヒーローをやめたことも知っていたのだろう。いったいいつからわかっていたのかは気になるけれど、それはたいしたことではない。

「ちがうよ」

城之崎から手を離して、膝に両肘を置いた。

「篤哉のときと同じように、おれは逃げたんだ。そのあと、おとなに助けを求めた。どっちの場合も、逃げたときにそうしようと思ったわけじゃない」

ただこわくて逃げた。

篤哉のときは、数日後になんとかしなければと思って先生たちに訴えた。でも城之崎のときは、あの瞬間に助けなければ死んでしまうかもしれない、とわかっていたのに逃げ出した。

そのとき、たまたま歩いているおとなを見つけただけだ。

「逃げた先にひとがいたから、そのひとに伝えただけだ」

「でも、それでも」

城之崎は篤哉と同じことを言うんだろう。

おれが助けたと、そう思っているのだろう。

ちがうんだ。篤哉はともかく、城之崎に関しては、本当にそうじゃないんだ。

「声をかけたひとは、冗談を言うなって怒って、そのままおれの横を通りすぎた」

五十代くらいの男性だった。犬を追い払うように手を振られた。

「……え？」

「マントを羽織った子どものいたずらだと思ったんだろうな」

焦りでパニックになってて、おれはなにも言い返すことができなかった。

その直後にやってきたのは、若い女のひとのふたり組だった。話しかけようとすると、おれを見てけらけら笑いながら去っていった。

そのとき近くを通りかかったのが、噂の仙人だった。いつも浮浪者のようなつぎはぎの汚い格好をしている、髪の毛が長くてボサボサで、ギイギイとうるさい自転車で結構な距離をぐるぐる走り回っているだけの、みんなに避けられている、仙人だった。

そのひとは、おれに「どうした」と訊いてきた。

おれの話を聞いた仙人は、すぐに近くの交番まで自転車を走らせてくれた。

「みんながバカにしている仙人だけが、おれの話を聞いて、城之崎を助けようとしてくれたんだ」

「……仙人って、おばあちゃんたちが近寄るなって言ってた、あの、仙人？」

「うん。でも、城之崎はあのとき仙人がいたなんて知らなかっただろ」

城之崎はこくりと首を縦に振った。

おれは、それを知っている。城之崎は、あの、最初に出会った五十代くらいのおじさんに助けられたことになっている。もちろん、それが間違っているというわけではない。けれど、正しくもない。

仙人が警官を呼んで海に戻ったとき、五十代くらいのおじさんがそこにいた。やってきた警官に「女の子が溺れている」と訴えたのも本当だ。そして、警官がすぐに城之崎を助けだした。

けれど、そもそもそこに警官がやってきたのは仙人のおかげだし、五十代くらいのおじさんは、おれの話を信じていなかった。城之崎を見つけたのは、通りがかっただけだとおれは思っている。

それなのにまるで、おれに声をかけられたことで助けようとしたみたいに、おじさんは説明していた。それをおれは、仙人と少し離れた場所で隠れて聞いていた。

仙人は、「よかったな」とおれに言った。

「めちゃくちゃだろ」

ふは、と思わず笑ってしまう。

逃げたおれ、おれを無視したおじさんや女性たち。そして、仙人が交番に知らせたのを知っているのに、なにも言わなかった警官。

あのとき、誰もがバカにしていた仙人は、誰よりも善人だった。なのに、それはなかったことになってしまった。そしてそれを、仙人も受けいれていた。

──『仕方ないんだよ』

仙人は、昔たくさん悪いことをしてひとを傷つけたからだと言った。悪いことをしたから仕方ないのだと、笑っていた。

大きな体の小汚い格好をしたおとなが捨てられた子犬みたいに見えて、おれは仙人に、一緒に帰ろうと言ったのを覚えている。仙人は「そうだな」とおれの手を取って立ち上がった。やさしくてあたたかな声だった。大きな手だった。

海から少し離れた、きれいではないが汚くもない小さな家に、仙人は住んでいた。

仙人は、いろんなことを知っていて、いろんなことをおれに教えてくれた。

デスメタルを教えてくれたのも、仙人だった。たくさん並べられたレコードの中からおすすめのものをおれに聴かせてくれて、一緒におどったり歌ったりした。

それからおれは、毎日のように仙人と遊んだ。学校の、上辺だけだった友だちと一緒にいるよりもずっと、楽しかった。祖母にその話をしたらどら焼きをくれたので、それを持って会いに行った。それを、仙人はとても喜んでくれた。

おとななのに友だちと思えるひとだった。

けれど結局、おれが仙人と親しくしていたことで学校に連絡が入り、全校集会で「危険なひとには近づかないように」という注意がみんなに伝えられた。そして、仙人は「もう来るな」と笑いながらおれに言って、それ以降おれを見ると避けるようになった。

なにもかも、わからなくなった。

誰が正しくて間違っていてやさしくて悪いのか。

そして、

「この世界は、醜(みにく)いんだなって、思ったよ」

悪いことをしたひとは悪い。

だから、そのひとの善行は、正義にはならない。

悪いことをしたから、なにをされても仕方がない。

誰かがこわいから、いいなりになって誰かを傷つける。それも、仕方がない。

なにが善で、なにが悪かわからなくなった。

おれは、ヒーローは、なにと戦えばいいんだろう。

いっそ、世界を滅ぼさないとどうしようもないんじゃないか。

幼いおれの極端な考えだとはわかる。今のおれなら仕方ない、という気持ちもわかる。でも、それでも、あの日おれは、この世界になんの希望も感じなくなった。仙人のことをバカにした噂が耳に入るたびにうんざりした。なにも知らないでネタにする姿は――おれには悪に見えた。

「だから、おれはやめた」

この海で、おれはマントを脱いだ。

そっと城之崎に視線を移すと、目を大きく見開いて固まっている。

――『あんたは、ずーっと怒ってるね』

祖母が言っていた。

そう、おれは怒っていた。このめちゃくちゃな世界に苛立（いらだ）っていた。正しくいられない世界に。あのとき誰も助けようとしなかった世界に。やさしいひとが傷つく世界に。

その中でなにもできない自分にも、憤りを感じていた。

自分も含めてこの世界のすべてが、おれの理想とする世界じゃなかった。

「城之崎が、羨（うらや）ましかったよ、おれ」

まっすぐにヒーローを目指し続ける城之崎が、妬ましかった。

おれができなかったことを、無謀なのをわかっていてもやろうとする城之崎が憎らしかった。

本当はおれが、そうありたかったのに。

そう思うのは、諦めたつもりで、まったく諦められていなかったからだ。

城之崎をバカにして、やめた自分を正当化した。そのくせ、城之崎を突き放すことができず、関われば関わるほど、城之崎がヒーローであろうとするその強さから目が離せなかった。

「城之崎はまじで、ヒーローだった。だから、おれは城之崎に諦めてほしくないと思ったんだ。でも、城之崎が言ったように、おれは自分ができなかったことを城之崎に押し付けてたんだと思う」

城之崎が日々どれだけ悪の中で戦ってきたのかも知らずに、無責任に憧れた姿を維持してほしいと願ったのだ。

なにがあって、城之崎が海の中に入ったのかは、わからない。

つい数日前まで、祖父母に知られたらだめだと気づきながらもヒーローとして活動していた城之崎が、こんな愚行をするくらいのなにかがあったのはたしかだ。

自分はどれだけ傷ついてもいいのだと、胸を張って答えた城之崎に憧れた。母親のことを悪く言わずに、自分が悪いのだとおれの目を見て言った城之崎のバカさ加減が、羨ましかった。

「おれはもう、ヒーローにはなれないから」

　でも、城之崎がその覚悟と強さを、この先も維持しなければいけないわけじゃない。

　おれのように、まわりのように、逃げたり、見て見ぬふりをしたり、何もしないことで自分を守れるのなら、そのほうがいいのかもしれない、と思う。

　だって城之崎はすでに、ボロボロの体で戦い続けていたから。おれと同じように、悪の境界線が曖昧なのを知っていてもなお。

　その結果が、今の、この瞬間につながっているのだろう。この冷たい海の中で、こんな話をすることになっているのだろう。

　ヒーロー活動が噂になったときの城之崎の表情や、今日、学校の前や塾の前で見せた虚無感を滲ませた無表情、そして、なにかに焦がれて海の中からどこかを見つめていた横顔が、パラパラと蘇る。

「悪かった」

　だからもう、無理してヒーローをしなくても——。

　そう言葉にしようとしたとき、ぽちゃんとなにかが海に落ちた音がした。

「なんで、そんなこと言うの」

城之崎の震える声が耳に届く。

城之崎が、大粒の涙を流して、おれを見ていた。ぽちゃんぽちゃんと、頬を伝って顎(あご)から雫が海に落ちる。

「……え、な、なんで」

「なんで、もうなれないって、決めつけるの。なってよ」

「いや、え?」

ぼとぼとと涙をこぼしながら、城之崎が話を続ける。なんで城之崎がそんなことをおれに言うのかわからないし、なんで泣いているのかもさっぱりわからない。

「鈴森くんが、わたしを助けてくれたから、わたしは迷わずにいられたのに」

「え、いや、でも」

「善悪が曖昧なことくらい、わかってるよ! いやでも思い知るよ! 誰を憎めばいいのかわからないんだから!」

城之崎の両手が、おれの制服の上着を摑む。

想像もしていなかった城之崎の反応に、どうすればいいのか頭が真っ白になる。

なんで、城之崎は泣いているんだ。

なんで、城之崎はおれに怒っているんだ。

「お母さんが好きだった。でも、こわかった。おじいちゃんとおばあちゃんが、全部悪いんだと思った。でも、ふたりはわたしにやさしかった。安心して生きていける環境をわたしに与えてくれた」

涙を目にいっぱい溜めて、城之崎はおれを睨んでいる。

眉を吊り上げておれを責めている。

でも、おれにすがっているようだった。

「わたしがいなくなれば、お母さんは幸せになれるんだと思った。でも、こわかった。ひとりで海の中の世界になんか行きたくなかった。でもそうしなくちゃいけないんだと思った。お母さんにとって、わたしが悪だったから！」

もしかしたら城之崎は、ずっと母親にそう言われていたのだろうか。

溢れる涙を拭ってやりたいと思う。

そんなことないと何度でも言ってやりたくなる。

でも、この瞬間を逃したら、城之崎はもう二度と、こんなふうに泣くことができなくなるような気がした。

だから、かわりにそっと、城之崎の手に自分の手を重ねる。

「でもわたしは、助けられた。あのとき、赤いマントが、見えた。ひとりで家にいるときにテレビで見たヒーローみたいなマントが見えて、わたしは、生き延びた」

ゆっくりと、城之崎は俯いていく。

おれに泣いているのを見られたくないのかもしれない。

「おばあちゃんは口うるさいけど、いつも、わたしの帰りを待っていてくれる。おいしいご飯を作ってくれるし、わたしを見て笑ってくれる。おじいちゃんも、怒るとこわいけど、でも、心配してくれているのがわかるから、いやじゃなかった。クリスマスや誕生日には、わたしを喜ばせようとしてくれる」

耳を傾けながら、震えている城之崎を見下ろす。

うん、と小さく返事をしたけれど、それが城之崎の耳に届いたかどうかはわからない。

「噂を気にするところとか、過剰に心配するところとか、息苦しく思うことも多いよ。お母さんもそうだったんだろうなって思う」

その言葉が嘘じゃないのはわかる。

「でも、きらいになれないの。おじいちゃんとおばあちゃんが悪いと、言い切れないの。同じように、お母さんを憎むこともできないの」

それが本心からのものだとも わかる。

そう言い聞かせているわけではなく、城之崎は本当に、祖父母のことを大事に思っているのだろう。いやなところはあるだろうし、母親にしたことも理解している。それでも、祖父母のことをきらいにはなれない。

でも、それが悪いことかのように思っているのもわかった。

そのくらい、母親のことも大事なのだろう。城之崎は、母親の味方になれない自分を責めている。

「どんどん、どんどん、わからなくなっていくんだよ。誰が悪いのか、誰が被害者なのか、わからないの。もしかしたら、わからないわたしが一番の加害者のような気さえしてくるの」

雲の中に月が隠れてしまったのか、視界がどんどん暗くなっていく。

でも、それは一瞬で、すぐに月の光が城之崎に注(そそ)がれた。同時に、城之崎は顔をゆっくり上げる。彼女の顔が月光に照らされる。

「でも、たったひとつだけ、信じられた」

泣いていても、顔を歪ませていても、城之崎は、なんの迷いも浮かべていなかった。力強い眼差(まなざ)しに、息が止まって、胸が大きく震えた。

「あの日、幼くてなにもわかっていなかったわたしが、誰かに助けられたこと。助けてほしいともがいていたわたしを、鈴森くんが助けてくれたこと」

おれの反論を、許さない。

そんな口調だった。

「ヒーローは本当にいるんだって、思った」

いないよ、そんなもの。

あれはただの、マントを羽織った少年だった。

自分の力を過信して自惚れて、そして無力さに唖然としていただけの子どもだ。

「どれだけ迷っても、その存在がわたしの道を照らしてくれていた」

所詮、子どもの遊びだった。

でも、それが城之崎の中で大きな意味を持っていた。

その重みに、胸が苦しくなって涙腺が緩みはじめる。

「あのヒーローはもういないって、やめたんだろうって、すぐに教えてもらった。でもきっと、あの子は今も誰かを助けているはずだって信じてた」

なのに、と城之崎はおれの服を強く握りしめて引く。体が揺れる。

「なんで本当にやめてるの。なんで、世界を見捨てたような目をしているの。なんで、自分だけの世界に閉じこもってるの。そんな顔してたら、誰も、助けられないじゃない！」

そのとおりだ。

城之崎の言っていることは正しい。

おれは、まわりを見るのをやめた。まわりの声も遮断した。自分の視界には最低限のものだけを映すようにした。目の前のものだけを見て、イヤホンで耳を塞いで過ごしていた。

「だって、おれは、戦えない」

あまりに複雑なこの世界の中で戦うなんて、おれには無理だ。

だからそんな世界が、おれはきらいになった。

我慢していたはずの涙が、おれの目からこぼれ落ちる。

「誰も、戦ってなんて、言ってない」

「じゃあどうしろって言うんだよ」

「戦わなくても、守ることはできるじゃない」

「……なに、を」

どうちがうんだ、と言えばいいのに言葉にならなかった。

ヒーローは悪と戦うものだ。悪と戦って誰かを守るのがヒーローだ。

そうじゃないのか。

──『実はヒーローだった』

篤哉の言葉を、受けいれられなかったのは、おれが戦ったわけじゃないからだ。

あれでもよかったのかと安堵する気持ちはあったけれど、それでも過去の自分を認めることはできなかった。

逃げ出すようなヒーローはヒーローじゃない。

別の方法で挽回したとしても、それとこれとは別だとおれは感じていたから。

でも。

戦わなくても、いいのか。

助けるだけでも、いいのか。

もしもそうなら——弱虫で臆病者のおれも、ヒーローなのかもしれない。

「だから、わたしがかわりにヒーローになろうと、思った」

まさか城之崎がそんな理由であんなダサい格好で人助けをしていたなんて。

誰かを守ることが目的だから、城之崎は戦えたんだろう。傷だらけになっても、たとえ負けても、結果誰かを守れたらそれでいいんだろう。

塾のビルの裏側でいじめをしていた少年たちに立ち向かった城之崎の姿が蘇る。悪いことをしたら謝らなければいけないと、きっぱりと言った。そのとき、おれはなにを言っているのかと思った。

でも、その発言は、いじめられていた少年を守るためだった。

おれと同じように、善悪の境界に迷っていても、それでも、城之崎は誰かを守ろうとし続けることができるのだ。

「……すげえな、城之崎は」

そう口にすると、ますます涙が溢れた。一度溢れ出した涙はもう止められなくて、自分の手で顔を覆う。今のおれは、子どもみたいにぐちゃぐちゃの泣き顔になっているだろう。

拗(こじ)らせていた自分にほとほと呆れて、泣きながら笑ってしまう。

今この瞬間、城之崎は夢と現実の狭間(はざま)で雁字搦(がんじがら)めになって子どものまま身動きが取れなくなっていたおれを、助けてくれた。

それはまさしく、ヒーローだった。

顔を隠して泣き続けるおれに、城之崎はなにも言わなかった。

静寂が海に広がって、波と風の音だけが耳に入ってくる。

どのくらいのあいだ、そうしていたのだろうか。

そして、あまりに静かな城之崎に違和感を覚えて、そっと涙を拭い顔を上げる。

城之崎は、それを待っていたかのように、おれをじっと見つめていた。流していた涙は、今もまだ頬を伝っていた。でも、怒りも悲しみも、城之崎の表情には浮かんでいなかった。

ただ、静かに微笑(ほほえ)んでいた。

「でも、鈴森くんは、かわってなかった。かわらず、誰かを助けようとしてた」

おれにとってはそれほどの意味のない行為が、城之崎の目にはそう映っていたのかと思うと、複雑な気持ちになる。でも、祖母も母親も、同じようなことを言っていた。

おれが誰よりも、おれのことを見ていなかったのかもしれない。

「いやがってもわたしを無視しなかった。見て見ぬふりはしなかった。助けを求める声に、誰よりもはやく気づくひとだった。わたしよりも、やっぱり鈴森くんのほうがすごかった。わたしのは、ただの真似事(まねごと)だった」

なぜか、手を伸ばしてしまった。

伸ばさなくちゃいけないと思った。

再び城之崎の頬に触れると、まだ氷のように冷たかった。

おれの体温に城之崎はぴくりと体を震わせて、そして、みるみる顔をくしゃくしゃにしていく。

「わたし、には、無理なの」

大きく口を開けて、それが引き金になったのか、大粒の、これまでと比較にならないほどの涙を流しはじめる。

「だって、わたしが、助けてほしい、と、思ってるんだから！」

それほど大きな声じゃない。

けれど、それは城之崎の叫び声だった。

「助けてよ！　誰か、助けてよ！」

「城之崎」

「うあ、ああ、あああ！」

溢れ出した感情が叫びにかわる。

「なんで、わたしがこんな目に遭わないといけないの」

ばしゃんと、海に城之崎の拳がぶつけられた。水飛沫が目に入り、痛む。そのせいで、息がうまく、できなくなる。体中が、びりびりと痺れる。

「なんでお母さんは！　わたしを捨てたの！　なんでわたしといたら幸せになれないの！　なんでおじいちゃんとおばあちゃんはわたしとお母さんを比べるの！　なんであんなにわたしを心配するの！」

何度も何度も、城之崎が海を殴りつける。

まるで、駄々をこねる子どものように、なんでなんでと、泣き叫ぶ。

城之崎の剝き出しの感情に、足先から指先、頭のてっぺんまでが痺れる。城之崎本人は、おれよりもはるかに、全身に痛みを感じているはずだ。

「どうしたらいいの。なにがだめなの。なにが正しいの」

唇を噛んで、城之崎を引き寄せる。

どうもしなくていい。

なにもだめじゃない。

そして、なんでも正しいし、なにも正しくない。

この世界はもしかすると、そういうことなんじゃないかと思った。

篤哉の言うように、城之崎が語ったように、おれはまだ、ヒーローになれるんだろうか。篤哉との関係が元には戻らないのと同じで、今になっていろんなことに気づいたとしても、昔のような気持ちでヒーローにはなれない。

でも。

「おじいちゃんもおばあちゃんも好きだけど、きらい。わたしがなにかするたびにお母さんの話をして、反対ばっかりするの、きらい！」

城之崎を抱きしめて、背中に手を回す。

わあわああと叫ぶ城之崎が、すべてを吐き出せるように、背中をさする。

「わたしは、誰かを助けたいのに」

「うん」

「それもできないなら、許されないなら、どうしたらいいの」

「うん」

「誰もわたしを助けてくれないから、なら、そんな誰かを、助けたいだけなのに」

今のおれにも、なにかができるのだろうか。

「まわりもうるさい！　好きにさせてよ！　ほっといてよ！」

今のおれだからこそそのヒーローに、なれるだろうか。

「こんな世界、大きらい！」

城之崎の壊れた世界に、手を差し伸べることくらいは、できるかもしれない。そんなちっぽけな行為で、城之崎を助けられるのかはわからないけれど。

「助けて、ほしい」

なにから助けてほしいのか、おれにはわからないし、おそらく、城之崎もわかっていないんじゃないかと思った。だからこそ、どこかに行きたくて海の中に入ったのだろう。

城之崎は誰かを恨んでいるわけじゃない。憎んでもいないし、解放されたいわけでもない。母親のことも祖父母のことも、きらいではないと、そう言ったのは本心だと思う。

だから、城之崎は苦しんでいる。

苦しくて、手を伸ばしている。

あれほどまわりに手を差し伸べていた城之崎だけれど、自分にだけはそれが、できないのだ。

「おれが、城之崎を助けるよ」

思ったよりも力強い声が出た。

小学生ではないにしろ、まだ高校生の子どものおれが城之崎にできることは、それほど多くない。城之崎の家族に文句を言ったって、聞き入れてもらえるとは思えない。あの祖父母の元から連れ出せるわけでもない。

なによりおれは、おれの見える世界の中でなにもできないで、放棄して諦めて、それでも諦めきれずに不貞腐（ふてくさ）れていた子どもだった。

それこそが、おれの世界の悪だった。敵だった。

そして、城之崎がその世界からおれを救ってくれた。

だから城之崎の世界では、おれが戦って、守ってやる。なにもできないかもしれない。でも、なんだってしてやる。

「自分と戦ったり、自分を守ったりするのが、一番、難しいよな」

本来ならば、そうすべきだ。

おとなならそうできるのかもしれない。

でもそれができないから、ひとに与えられるもので救われる。今のおれや城之崎みたいに。

城之崎がおれにヒーローを求めるから。おれが城之崎に手を伸ばすから。

誰かのために頑張れるなんて、そんなきれいなものではない。城之崎だって、決しておれのためになにかをしようとは思っていないだろう。

ただおれが、それに救われただけ。

ただ城之崎が、おれに助けられただけ。

ヒーローがあんなに傷だらけでも悪に立ち向かえたのは、いつだって自分と戦い自分を守る、その強さがあったからなんじゃないか。

おれも城之崎も、そうなれない。

みんながみんな、できるわけじゃない。

――『ヒーローに、偽物(にせもの)はいないよ』

かつて、おれが憧れた偽物のヒーローは言った。たしかに彼は本物だった。

でも、おれたちはふたりとも、偽物だった。自分の夢や願いのために、そうあろうとしていた。純粋に誰かのためだけになんて、行動していなかった。

でも。それでも。

「だから、おれが城之崎を助けるよ」

偽物のままでも、いつか、おれたちは強くなれるんじゃないだろうか。

そうしたら、本物のヒーローになれるんじゃないだろうか。

そう言うと、城之崎がずびっと洟(はな)を啜(すす)った。

「いつでも城之崎が摑めるように、おれはずっと、手を伸ばしておく」

城之崎の体から離れて、顔を覗き込む。ひとのこと言えないだろうけれど、城之崎の顔はひどかった。涙で目元は真っ赤になっているし、鼻水も垂れている。荒々しく海を殴りつけていたから海水が顔にも髪の毛にもべったり飛び散っていて、びしょ濡れだ。

おまけに、あの城之崎が、学校ではつねに無表情だった城之崎が、ぽかんと口を開けた間抜けな表情をしている。

「ふ、は」

「……っな、なんで笑うの」

「なんとなく。おれたちふたりとも、いろいろやばいな、と思って」

城之崎の肩に手をのせて、体から力を抜く。

そうすると、びしょ濡れの制服がずっしりと重く感じた。長いあいだ海に浸かっていたせいで体はすっかり冷えている。

「っ、くしっ」

城之崎もやっと感覚が戻ったのか、ひとつ、くしゃみをする。

五感が正常に動きはじめたようだ。

もう大丈夫だ。おれも、城之崎も。

「……おばあちゃんに、怒られるな」

「あんまりひどかったら、家出してやるって脅せばいいよ」

「そんなひどいことしない」

きっぱりと否定する城之崎は、いつもの城之崎だった。芯のある、融通の利かない城之崎だ。

「じゃあ、怒られても、気にせず好きなことをし続けたらいい」

「なにそれ」

「助けてほしくなったら、城之崎がそれを望むなら、おれは、何度でも助けるよ」

他人から見れば、おれはなにもしていないし、城之崎もなにもかわらない。

でも、残念ながら世界はそういうものだ。おれたちはそう思っている。一朝一夕で世界がかわるはずがない。そううまくいくなら、もっとはやくおれたちはそれぞれおとなになることができたはず。大小にかかわらず、悩みなんかもっと簡単に解決できたはず。

かわるのは、おれたちの意識だけだ。

でもそれはたぶん、いつか、なにかに辿り着くんじゃないかと、そんな予感を抱く。今はそれでいい。それだけで、少し地に足をつけて踏ん張れる。

すっくと立ち上がると、制服はますます重く感じた。

足に力を込めて、バランスを保つ。

「帰ろ」

城之崎を見下ろして手を差し伸べた。

城之崎はおれを見上げて、そしてしっかりとおれの手を握った。

おれたちはお互いに体に力を入れて、海の中で立った。

ふたりで水の抵抗を感じながら、手をつないで砂浜に向かい足を踏み出す。

ふと振り返ると、海に月が映っていた。

たしかに、海の中には新しい世界が広がっていた。おれたちが求めてやまない世界を、明確に感じることができた、ような気がする。

実在しない、夢のような世界。

おれたちがすがっていた世界。

現実はそうじゃないと知っているからこそ、おれたちは夢を見ていた。

それを知った今のおれの目の前に広がるこの世界は、たしかに、これまでとはちがって映ることだろう。

+――――+

窓の外には、驚くほどの晴天が広がっている。

授業が終わって荷物をまとめながら空を眺めていると、

「実、今日は暇か？」

颯斗（はやと）が大きな声で声をかけてきて、ついでにおれの視界を遮るようにして顔を出す。鬱陶（うっとう）しいほど近い颯斗に顰（しか）めっ面（つら）を返して手で押しのけた。

「暇じゃない。今日はＣＤ買いに行くから」

「え？　あ、そうなんだ。え？　はじめてちゃんと予定教えてくれたな！」

そうだっけ？　と首を傾げると、そうだよ、と言われる。そうだっけ？

「それに、今日はイヤホンしてねえの？」

「学校ではするのやめただけ。電車では聴いてるし」

へえーと颯斗が意外そうに目を丸くした。そしておれの前の席に腰を下ろす。その表情はどこか、うれしそうだった。

「実はほんと好きだよな、音楽が。っていうかメタルが、か」

なんだそりゃ、と呆れながら「まあな」と答える。

「実は、結局かわんねえんだな。今さらだけど、っていうかわかってたけど、なんかこう、うれしいな」

「なに言ってんの、気持ち悪いな」

顔を顰めると、颯斗は「ひでえ」と大げさなほど傷ついた表情を見せた。

「なあ、今度、実が行く店に俺も連れてってよ」

「メタルなんか興味ねえだろ。知らねえやつが行くと結構戸惑う雰囲気だし」

店長の見た目はなかなか厳ついし、客もそこら辺にあるCDショップとはちがうと思う。そう思ったけれど、颯斗は「そうだけど、気になるじゃん」と言った。好きになるかはわからないけど、興味があるらしい。

「颯斗はおれとちがって現実主義の楽観主義者だから、合わないだろうけど、まあいいよ」

「実はそうじゃねえの？」

「おれは——理想主義で悲観主義者だな」

だから、おれはつねに怒っていたし、今もそれはかわっていない。暴れるような音楽は、その気持ちを表現してくれているみたいだと思う。

……って、店長に言われたことで気づいたんだけど。

「颯斗がハマったら、バンドでも組むか？」

「おいおいまじかよ」

「冗談だよ」

半分くらいは本気だけれど。

視界のすみに、城之崎がかばんを持って立ち上がるのが見えた。それを追いかけるように慌（あわ）てておれもかばんを摑んで席を立つ。

「じゃあ、帰るわ」

「おう、またな実」

足を踏み出して城之崎に近づくと同時に、「なんだよ、やっぱりふたり、仲良いんだ」と木内（きうち）が声をかけてきた。

「一緒にヒーロー活動でもすんの？」

「木内しつけー」

余計なことを言う木内に、まわりにいた男子が言う。言葉だけを聞けば木内に呆れているようにも受け取れるけれど、楽しそうな表情を見ると、そうじゃないとわかる。

そっと城之崎に視線を向けると、相変わらずなにも聞こえていないかのように前だけを見ていた。

「じゃあな、木内」

なにも言い返すことなく、木内に手を振って城之崎に近づく。おれの気配に気づいた城之崎は振り仰ぎ、けれどまた前を向いて歩きだした。

廊下を、城之崎と半歩の距離をあけて歩く。

夜の海に浸かった日から、おれと城之崎は一緒に帰るようになった。

あの日、城之崎と海から帰ろうとしたとき、おれの母親が車でやってきた。びしょ濡れのおれたちを見た母親は目を丸くして、車がべたべたになるのもお構いなしにおれたちを乗せて家まで連れて帰ってくれた。どうやらおれとの電話から心配して捜しに来てくれたらしい。倒れた自転車と地面に転がっていたスマホも回収できたのでほっとした。そのかわりにめちゃくちゃ叱られたけれど。

城之崎は、祖父母がおれの家まで迎えに来て、帰った。

その後のことはおれにもわからない。次の日の城之崎は相変わらず無表情で、けれど背筋を伸ばしていた。必要以上に誰かと話すこともなかった。

でも。

以前のようにトートバッグを手にしていた。

中にはあの、ダサい赤いジャージが入っているのを、おれは知っている。

祖父母にどう話したのかは知らないけれど、学校と塾の送り迎えもなくなったようだ。

そしてなにより。

「ちゃんとジャージ持ってきた？」

「いや、それはしないって言っただろ」

城之崎は人前でも、おれに話しかけてくるようになった。

といっても、すれ違いざまに挨拶（あいさつ）や雑談をするようなことはないし、城之崎から声をかけてくることもない。でも、おれがそばにいてもいやがることはない。そしてたまに、こうして意味のわからないことを言う。

「赤は譲（ゆず）らないからね」

「そう言ってる城之崎だって、持ってるだけで着てないだろ」

おれが言い返すと、城之崎はむっとした表情を見せてからそっぽを向いた。

ふたり並んで、廊下を進む。

通りすがりの誰かの声が聞こえてくる。

「家の近くの堤防にガラの悪い中学生がたまってるの最悪なんだけど」

「派手な子たちだよね。親も派手なの知ってる？」

「この前男の子が化粧品コーナーにいたんだけど、その子すごいおしゃれでさ」

「中学生で化粧とか、はやすぎでしょ」

「仙人、家族がいたらしいよ」

「この前付き合った先輩、やっぱり彼女と別れたって」

「あの先生、絶対モラハラ気質だよね。奥さん大変そー」

不快になるものもある。イライラもする。でも、それが、この世界だ。

「なあ、前におれがばあちゃんの店に連れてったおじさん、覚えてるか？」

靴を履き替えて校門に向かいながら城之崎に話しかけた。

「ああ、うん」

「あれ、仙人の家族だったんだって。おれ、仙人に何度かばあちゃんのどら焼き持っていったことがあって、そのお礼だって」

「……そうだったんだ」

　祖母から伝えられたあのおじさんのお礼は、道案内したことじゃなかった。おれが、仙人と少しのあいだ仲良くしていたことを知っていて、そのことに対してのものだった。

　仙人の過去は知らない。悪いことをしていたらしいことしか知らない。仙人が途中でおれを突き放したから、関わりはほんの数ヶ月しかなかった。

　おれの知らないあいだに仙人は認知症になり、あのおじさんが世話をしていたらしい。仙人はいつも、おれがあげたどら焼きの話をしていたのだという。

――『とてもうれしそうでした』

　おじさんはそう言っていた、らしい。

　たった数ヶ月の関係だった。感謝をされるようなことをした覚えはない。おれたちは、一緒に遊んでいただけだ。

過去に悪人だったあのひとを、おれは好きだった。さびしげに笑っていたのを、今になってはっきりと思い出す。どら焼きを大事にちまちまと食べていたのも。デスメタルについて語るときのキラキラした目も。

しょっちゅう、通りすがりのひとに避けられたり悪態をつかれたり、ときに石を投げられても、仙人はただ自転車を漕いでいた。

そういえば、あれはなんのためだったんだろうか。

もしかして、困っているひとがいないか、巡回していたのかもしれない。いや、知らないけど。

「ほんと、意味わかんない世界だよな」

ぽつりと呟くと、城之崎は「そうだね」と同意した。

「でも、悪いことばかりでもないんだよな」

「だから、きらいになれないんだよね」

城之崎の言葉に、今度はおれが「そうだな」と頷いた。

おれたちはこの世界をきらっているわけじゃない。

愛したいから、愛せる部分もあるから、怒っているんだ。

そう信じてみてもいい。

そしたらいつか本当に、世界を愛せるかもしれない。

おれと城之崎の足元から、影が大きく伸びていた。

手の部分がちょうど影が重なっていて、それはまるで、手をつないでいるみたいに見えた。

著者紹介

櫻 いいよ（さくら　いいよ）

大阪府在住。2012年、『君が落とした青空』（スターツ出版）でデビュー。本作は累計24万部を突破し、映画化される。2020年、『それでも僕らは、屋上で誰かを想っていた』（宝島社文庫）で第7回ネット小説大賞を受賞。『交換ウソ日記』（スターツ出版文庫）はシリーズ累計65万部を突破し、2023年、映画化された。10代を中心に人気を博し、青春時代の恋愛や心の傷を描いた作品に定評がある。

その他の著書に、『そういふものにわたしはなりたい』（スターツ出版文庫）、『図書室の神様たち』（小学館文庫キャラブン！）、『わたしは告白ができない。』（角川文庫）、『アオハルの空と、ひとりぼっちの私たち』（集英社オレンジ文庫）、『世界は「　」で満ちている』『世界は「　」で沈んでいく』『世界は「　」を秘めている』『イイズナくんは今日も、』（以上、PHPカラフルノベル）『ウラオモテ遺伝子』（PHPジュニアノベル）などがある。

本書は書き下ろし作品です。

ＰＨＰ文芸文庫　あの日、少年少女は世界を、

2023年９月21日　第１版第１刷

著　者	櫻　いいよ
発行者	永田貴之
発行所	株式会社ＰＨＰ研究所

東京本部　〒135-8137　江東区豊洲5-6-52
文化事業部　☎03-3520-9620（編集）
普及部　☎03-3520-9630（販売）
京都本部　〒601-8411　京都市南区西九条北ノ内町11

PHP INTERFACE　https://www.php.co.jp/

組　版	有限会社エヴリ・シンク
印刷所	大日本印刷株式会社
製本所	株式会社大進堂

ISBN978-4-569-90351-4

PHP文芸文庫

午前3時33分、魔法道具店ポラリス営業中

藤まる 著

相手の心を読めてしまう少女と、自分の心が他人に伝わってしまう少年。二人が営む不思議な骨董店を舞台にした感動の現代ファンタジー。

PHP文芸文庫

第7回京都本大賞受賞の人気シリーズ

京都府警あやかし課の事件簿1~8

天花寺さやか 著

人外を取り締まる警察組織、あやかし課。新人女性隊員・大にはある重大な秘密があって……? 不思議な縁が織りなす京都あやかしロマンシリーズ。

PHP文芸文庫

すべての神様の十月(一)〜(二)

小路幸也 著

貧乏神、福の神、疫病神……。人間の姿をした神様があなたの側に!? 八百万の神々とのささやかな関わりと小さな奇跡を描いた連作短篇シリーズ。

怪談喫茶ニライカナイ

蒼月海里 著

「貴方の怪異、頂戴しました」――。怪談を集める不思議な店主がいる喫茶店の秘密とは。東京の臨海都市にまつわる謎を巡る傑作ホラー。

PHP文芸文庫

転職の魔王様

額賀 澪 著

この会社で、この仕事で、この生き方で――
本当にいいんだろうか。注目の若手作家が、
未来の見えない大人達に捧ぐ、最旬お仕事
小説！

PHP文芸文庫

猫を処方いたします。

石田 祥 著

怪しげなメンタルクリニックで処方されたのは、薬ではなく猫⁉ 京都を舞台に人と猫の絆を描く、もふもふハートフルストーリー！